UN AMOUR EXTRAVAGANT

L'ILE ROUGE

DU MÊME AUTEUR

Un amour extravagant

L'île rouge (tome 1 - 2016)

Bataille au Coeur des Restanques (tome 2 - 2020)

Annie MOULIN-STEFFEN

UN AMOUR EXTRAVAGANT

TOME 1

L'ILE ROUGE

© 2020 Annie MOULIN-STEFFEN © 2016

Éditeur : BoD-Books on Demand
12-14 rond-point des Champs-Élysées, 75008 Paris
Impression : Books on Demand, Norderstedt, Allemagne

Illustration : Des Rountree
Relecture : Christine Hammann - Christine Ruiz
Suivi éditorial et composition : Denis Steffen

ISBN : 978-2-9558549-2-1
Dépôt légal : 05 2020

Chers lecteurs,

"Un Amour Extravagant" est une œuvre de fiction.
Les lieux comme la Villa blanche, la Villa des acacias sont sortis de mon imagination. La plage d'Alice n'existe que dans mes rêves...
La famille di Gardelli est pure invention. Je suis allée me promener sur les hauteurs de Fiesole, dans la banlieue de Florence, mais je ne connais pas de dynasties de bâtisseurs !
Cependant...
L' « Ile rouge » est bel et bien plantée en Méditerranée, à la pointe du Dramont. Elle s'appelle L'Ile d'or.

Une nuit de mai 2014, j'ai rêvé d'un rocher en granit rouge flanqué d'une tour, rouge elle aussi. Cette vision ne m'a pas quittée et j'ai décidé de faire des recherches. Un lieu aussi magique existait-il ?
Béni soit internet qui m'a permis par le biais d'un site dédié à la location de villas, de retrouver ce somptueux coin de terre de France. C'est donc aussi un peu de l'histoire de la Côte d'Azur que j'évoque dans ce roman.
J'ai choisi d'encrer le décor de la vie quotidienne de mes personnages dans la vie réelle : tel hôtel, tel pâtissier, tel restaurant prestigieux ou populaire, tel lieu historique, bien connus des touristes ou de la population locale...
Pourquoi inventer quand la vie nous livre tout sur un plateau !
Mais la réalité rejoint toujours la fiction dans le coeur d'un écrivain.
Un épisode de ma vie est au centre de ce roman. Une parenthèse douloureuse.

"Juan" vit toujours à l'autre bout de la planète. Alice et Didier et leurs enfants, c'est un peu moi et les miens...
Un jour, je raconterai mon histoire, la vraie et cet amour qui m'a

saisie.

Un Amour plus extravagant encore !

Notes entre parenthèses.

A l'attention de mes lecteurs qui ne connaissent ni l'anglais, ni l'espagnol, j'ai créé une zone de traduction en français à la fin du roman. Pour y accéder (en version e-book), il suffit de cliquer sur le numéro entre parenthèses placé à la fin des phrases, expressions, ou mots rédigés dans ces deux langues

On trouvera également dans cet espace les références des versets de la Bible que je cite. Il est toujours intéressant de les relire dans leur contexte.

Avertissement.

Ce roman ne convient pas à un jeune public.

A Denis, mon mari bien-aimé, perdu et retrouvé.

A mes enfants, Grégoire, Fleur et Claire : joie et fierté de mon coeur.

Aux amis fidèles dont la lumière a éclairé les heures les plus confuses de ma vie.

Au Père Jean-Michel Bernier, curé de la paroisse de la Trinité à Chambéry.

A M..., en souvenir du meilleur de ma jeunesse.

A mon Créateur, par qui je respire et pour qui j'existe.
A Jésus-Christ, mon roc, mon confident et mon espoir.

A toutes les femmes brisées, à bout de larmes et de force, qui continuent avec vaillance à chercher l'Amour.
Et à leurs compagnons.

« La douleur, c'est de l'amour qu'on a tué. »

Camille Belguise, « Échos du silence »

***

« Écoute-moi. Voici la chose nécessaire :
Être aimé. Hors de là rien n'existe, entends-tu ?
Être aimé, c'est l'honneur, le devoir, la vertu,
C'est Dieu, c'est le démon, c'est tout. J'aime, et l'on m'aime.
Cela dit, tout est dit. Pour que je sois moi-même,
Fier, content, respirant l'air libre à pleins poumons,
Il faut que j'aie une ombre et qu'elle dise : Aimons !
Il faut que de mon âme une autre âme se double,
Il faut que, si je suis absent, quelqu'un se trouble,
Et, me cherchant des yeux, murmure : Où donc est-il ? »

Victor Hugo, « Être aimé »

***

«Mon bien-aimé parle et me dit : Lève-toi, mon amie, ma belle, et viens ! Ma colombe, toi qui te tiens dans les fentes du rocher, qui te caches dans les parois escarpées, fais-moi voir ta figure, fais-moi entendre ta voix, car ta voix est douce et ta figure est charmante ! »

Cantique des Cantiques, 2/10 à 14

LE RETOUR DES GARDELLI

Chapitre 1 - La fin du jour

Le Dramont, mardi 25 octobre 2011

Le soleil se noyait dans la mer, libérant dans une dernière étreinte, des flaques d'or liquide...

Alice Schneider était sortie pour sa promenade favorite.

La morsure tiède, irrégulière des galets encore vibrants de l'éclat du jour sous la plante de ses pieds chaussés de fines ballerines lui procurait un soulagement éphémère, l'apaisement qu'elle cherchait, ranimait à chaque pas son désir défaillant de vivre.

Cette plage... Sa plage ! Elle en avait tellement rêvé... Aujourd'hui, elle se sentait maîtresse des lieux, mais peut-être n'était-ce qu'une illusion ?

Trois ans plus tôt, Didier et elle avaient fui l'atmosphère encrassée de Paris pour rejoindre le midi. Son midi. Elle ne pouvait imaginer vivre ailleurs.

En quelques semaines, ils avaient acheté à la pointe du Dramont, « La Villa blanche », une maison d'architecte aux lignes épurées des années soixante. L'immense salon ouvrait sur la Méditerranée et le jardin, croulant sous la rocaille, cloisonné en minuscules terrasses, plongeait par paliers réguliers jusqu'à la petite plage incurvée. La vue englobait deux pointes rocheuses qui se perdaient dans le bleu outremer et au centre de la baie, un îlot dérisoire, surmonté d'une tour en pierre rouge-écarlate attirait le regard comme un aimant. Les gens du pays la surnommaient entre eux « l'île rouge ». Le moutonnement vert vif des pins parasols, le crissement des cigales au zénith et la tranquillité de la plage avaient séduit Alice. Lors de la contre-visite, Didier, enfermé dans ses pensées, aveugle à l'enchantement des lieux, avait acquiescé au désir de son épouse. Il l'avait laissé régler tous les détails. Alice avait travaillé dur pour organiser le déménagement et décorer sa nouvelle demeure.

En quittant la région parisienne, elle avait renoncé sans l'once d'un regret à sa carrière de communicante à la Mairie de Bougival, tourné résolument une page de son existence. Leurs trois enfants menaient leurs vies. Elle aspirait à la paix intérieure et la situation de la maison, un peu en retrait des grandes stations balnéaires, lui avait semblé idéale.

A la suite d'opiniâtres négociations, Didier avait obtenu sa mutation dans la plus prestigieuse agence bancaire de Cannes. En dépit de la crise qui avait débuté quatre ans auparavant, le secteur offrait encore de belles opportunités aux cadres en fin de carrière à la seule condition qu'ils restent entièrement dévoués à leur mission, prêts à sacrifier leurs soirées sur l'autel de Mammon. En conséquence, son rythme de vie à lui n'avait guère changé. Levé tôt, couché tard ! Alice, elle, s'offrait le luxe de commencer ses journées en s'attardant dans la fraîcheur des draps de lin. Elle savourait, non sans un vague sentiment de culpabilité, chaque instant qui s'offrait à elle. Toutefois, depuis quelques mois, une inexplicable tension, froissée au creux de ses seins, lui rappelait dès l'aube, qu'un jour viendrait, inéluctable, où cet état de béatitude égoïste, infantile, prendrait fin.

Au coucher du soleil, la promenade solitaire sur la plage était devenue son rituel, un passage obligé qui l'aidait à supporter l'humeur pesante de son mari. Didier rentrait de son travail très tard, de plus en plus tard. Le plus souvent harassé. A peine avait-il franchi le seuil de la villa, qu'il lançait d'une voix éteinte un rapide « bonsoir chérie. ». Parfois, même, elle n'entendait que le bruit de ses pas et la porte de son bureau se refermer discrètement. Ces jours-là, les joues en feu, elle se précipitait sur la terrasse pour aspirer l'air du large, pour secouer la vague de colère et d'inquiétude qui montait en elle, sourde et compacte.

Son bureau. Sa caverne. Loin d'elle...

La pièce aux murs turquoise donnait au nord et depuis la fenêtre étroite et grillagée, on ne distinguait que l'allée blanche et caillouteuse de leur propriété, serpentant entre quelques cyprès poussiéreux jusqu'à la route littorale.

Par la Corniche de l'Estérel, Cannes ne se trouvait qu'à une trentaine de kilomètres de leur domicile mais la plupart des automobilistes empruntaient l'autoroute. Pendant la saison, les accès étaient saturés. Semblables à des abeilles sur un pot de miel, les touristes s'agglutinaient partout, prêts à tout pour goûter avec frénésie aux plaisirs éphémères et coûteux de la Riviera. Aux beaux jours, Alice regrettait presque la fraîcheur et la tranquillité du parc qui entourait leur ancienne résidence de Saint-Germain-en-Laye.

Le vent s'était levé et le ciel virait au mauve. Elle frissonna. Paradoxalement, une fois le soleil disparu, la plage se révélait presque inhospitalière. On discernait encore les contours de l'Ile rouge et de la tour mais le sommet du bâtiment semblait se dissoudre dans le ciel... Comme la Tour de Babel... songea Alice.

En fouinant la semaine précédente dans une librairie de Saint-Raphaël au rayon des ouvrages anciens, elle était tombée, par hasard, sur un opuscule d'une soixantaine de pages, édité en 1970, qui relatait l'histoire de l'île.

Alice se souvenait de cette journée insolite.

Elle avait commencé à feuilleter la brochure, s'arrêtant sur les illustrations et les photographies, quand soudain, elle s'était sentie mal à l'aise. Le cœur au bord des lèvres, elle avait reposé brutalement le livre sur l'étagère, bredouillé un mot d'excuse au libraire médusé et regagné en titubant la rue pour aspirer une bouffée d'air.

Ce soir, elle regrettait de ne pas s'être procuré cet ouvrage. Elle prit la décision de retourner à la librairie. Pourquoi pas demain après tout ?

Alice s'immobilisa et fixa l'horizon qui se délayait dans le crépuscule. La mer montait. Une vaguelette rebelle, plus froide, presque tranchante, vint claquer au creux de ses chevilles endolories... Le sable froid et poisseux irritait sa peau. Tournant le dos à la mer, Alice emprunta pour regagner sa maison le vieil escalier de pierre tout raide qui reliait, en bout de crique, près du ponton délabré, la plage à l'extrémité orientale de sa propriété. Hors d'haleine et en sueur, elle traversa la terrasse, passa par la cuisine et fila prendre une douche. Puis, elle commença à préparer la soupe préférée de son mari. Une bonne soupe de potiron.

Chapitre 2 - La brochure

Saint-Raphaël, mercredi 26 octobre 2011

Elle dénicha une place de parking à deux pas de la librairie, à l'ombre d'un grand platane. Le soleil matinal perçait et faisait miroiter son bracelet d'argent. Pour se faire pardonner après une querelle dévastatrice, sa mère avait glissé ce bijou de famille à son poignet sans un mot d'excuse : c'était la veille de son mariage, trente-deux ans plus tôt.

Alice se dirigea vers la boutique. La brochure de l'Ile rouge l'obsédait jusqu'au vertige.

Elle poussa la porte aux petits carreaux ternis et fut accueillie par le tintement aigrelet d'une sonnette. Le propriétaire, Monsieur Courbet, était juché sur une échelle démesurée. Muni d'un interminable plumeau, le vieillard était en train d'épousseter une étagère couverte d'ouvrages en cuir repoussé. Une forte odeur de mastic et de térébenthine flottait dans l'air et agressa Alice.

« Bonjour Monsieur ! »

Célestin Courbet se retourna et lui adressa un sourire bienveillant.

« Eh bonjour ! Alors, vous voici de retour après votre petite mésaventure de l'autre jour... Je me disais bien aussi, Madame Schneider... elle ne va pas en rester là... Allez zou ! Donnez-moi deux minutes. Que je descende de mon perchoir... A mon âge, je devrais arrêter mes gaudrioles ! Si je continue comme ça, un jour, je me romprai le cou... Pour sûr ! ».

Alice acquiesça et attendit patiemment que le vieil homme la rejoigne près du comptoir.

« Je passais par hasard en me rendant au marché. Dites-moi,

vous l'avez encore, ce livre ? ».

Monsieur Courbet sourit de nouveau, se pencha et plongea sous son comptoir. D'un geste vif et précis, il poussa de son index ridé l'opuscule vers sa cliente.

« C'est cela que vous cherchiez, ma belle ? Je l'ai mis de côté pour vous après que vous vous êtes enfuie... Je savais bien que vous alliez revenir. Vous avez de la chance ! C'est mon avant-dernier exemplaire. Il y a bien longtemps qu'on ne publie plus ce genre de petite merveille... ».

Alice sentit son cœur bondir dans sa poitrine. Elle rendit son sourire au vieil homme qui plissa les yeux, surpris par l'intensité douloureuse qui émanait du regard myosotis.

Après avoir chaleureusement remercié le commerçant, Alice régla son achat et prit congé du libraire. Mue par le besoin urgent de se retrouver seule, elle rejoignit à pas vifs son véhicule, sa trouvaille serrée contre son cœur.

Le soleil poursuivait sa course dans un ciel bleu dur. La journée s'annonçait magnifique pour un mois d'octobre. Avec un soupir, Alice s'installa au volant de sa Mini Austin, déposa son achat sur le siège passager et regagna sa maison. Au moment où elle passait le portail en fer bleu, elle réalisa qu'elle avait oublié de faire son marché.

« Espèce de crétine ! »

Elle haussa les épaules. Malgré la chaleur, un frisson la parcourut. Elle se força à chasser les pensées moroses qui commençaient à l'assaillir et décida de se plonger immédiatement dans la lecture de la brochure.

Alice porta le précieux mélange de thé vert aux senteurs de jasmin et d'hibiscus à ses lèvres et ferma les yeux. La matinée avait filé à toute allure. Le soleil versait à flots dans le salon où elle s'était allongée sur une méridienne tendue de soie jaune pastel, un plaid sur les genoux. Alice venait de survoler le premier chapitre, qui décrivait, dans un jargon laborieux, la topographie et la végétation de l'Ile d'Or -le nom des géographes- mais la suite du récit s'était révélée bien plus passionnante.

En réalité, cette « Ile rouge » n'avait jamais suscité la convoitise de personne : trop proche du rivage, trop escarpée, trop ravinée. Le lieu était difficilement exploitable. L'Etat l'avait même vendue, à la fin du dix-neuvième siècle, à un particulier, qui malheureux aux cartes, l'avait cédée à son tour, quelques années plus tard, pour une poignée de francs, à un médecin : l'excentrique Docteur Lutaud. Le nouveau propriétaire avait édifié une tour massive en porphyre rouge crénelée, haute de quatre étages : une tour « imprenable » à ses dires... Puis, il s'était auto-proclamé « Roi des roches battues par les flots ». Une photographie prise un jour de tempête, en juillet 1909, illustrait à merveille ses propos dithyrambiques. En parfait petit autocrate, Auguste Lutaud avait reçu dans sa tour des personnalités politiques et toute la bonne société de Saint-Raphaël. La grande guerre avait mis fin à ses extravagances. A sa mort en 1926, ses héritiers s'étaient empressés de se défaire d'un si encombrant héritage. Ils avaient vendu l'Ile rouge pour une somme dérisoire à un riche entrepreneur toscan : Carlo di Gardelli.

Les Gardelli étaient bâtisseurs de pères en fils.

Carlo di Gardelli avait développé aux environs de Florence, la modeste entreprise familiale héritée de son père Fabio. Elle avait acquis une notoriété au-delà de l'Italie et, à la veille de la grande guerre, deux succursales avaient été implantées, l'une à Nice, l'autre à Cannes. Avec le retour à la paix et l'engouement des riches américains pour la Riviera durant les Années folles, les Gardelli avaient amassé beaucoup d'argent.

Carlo avait eu une idée géniale : il s'était mis à la recherche d'un site original pour se bâtir « une folie », sa maison d'été. Le Cap du Dramont l'avait séduit. L'Ile rouge accueillerait une somptueuse villa, dont il avait dessiné tous les plans. La demeure lui servirait de quartier général pour développer agréablement ses affaires, pour recevoir et gâter ses clients. En bref, faire parler de lui !

Carlo di Gardelli voyait grand. C'était un homme pressé. Les travaux titanesques, commencèrent à l'automne 1927.

On avait construit un ponton spécial à l'extrémité orientale de la plage qui faisait face à l'Ile rouge afin d'acheminer les matériaux de construction et les éléments de décoration. Marbre de carrare, vitraux et fer forgé tant prisés de l'époque allaient faire de la demeure des Gardelli le joyau le plus jalousé entre Saint-Raphaël et Cannes. À la fin de l'été 1929, Carlo avait inauguré la «Villa Gardénia», baptisée ainsi par son épouse qui adorait ces fleurs odorantes et délicates. Carlo avait même fait édifier des serres. Pour cette pendaison de crémaillère exceptionnelle, Carlo avait convié, le soir du 14 Juillet, tout le « gratin » de la région. Cette fête somptueuse avait scellé leur respectabilité.

Deux photographies avaient paru dans le journal local au lendemain de la réception. La première montrait le feu d'artifice tiré depuis le large. La seconde présentait la famille di Gardelli posant sur la terrasse devant des palmiers en pots. On y découvrait Carlo, bombant le torse, flanqué à sa droite de son épouse, la brune et sensuelle Elvira et à sa gauche de ses deux rejetons, Alessandro et Massimo.

Le journal titrait : « *La famille Gardelli prend ses quartiers d'été à la Villa Gardénia* ».

Alice fronça les sourcils. Des deux garçons émanait un charme singulier.

Alessandro devait approcher de ses dix ans. Il posait, jambes écartées, sans affectation, les mains dans les poches. Son regard profond et son sourire désarmant, où perçait une pointe d'arrogance, laissait entrevoir une graine de séducteur, songea Alice... A ses côtés, son frère Massimo souriait d'un air malicieux en fronçant son nez couvert de taches de rousseur. Les cheveux châtain clair du cadet, noyés de lumière, lui donnaient un air innocent qui contrastait avec le magnétisme animal de son frère.

Alice ferma les yeux et rejeta la tête en arrière : la posture arrogante et pourtant si naturelle de l'aîné lui était familière. Les traits d'Alessandro lui rappelaient un autre visage... Bah, c'était sans doute le fruit de son imagination !

Décidément, elle devait à tout prix se reprendre en main...

Agacée, elle posa la brochure sur la table basse, rejeta la couverture de laine qui vint mourir sur le tapis et se leva si brusquement qu'un vertige la saisit. Son cœur lui faisait mal.

En quittant la douceur du plaid, elle réalisa soudain que l'été s'en était allé. L'astre solaire avait disparu, comme aspiré, derrière une énorme barre nuageuse qui avait plongé en quelques minutes le salon dans une demi-pénombre.

Le carillon, un héritage de sa grand-mère maternelle, dont Didier détestait le son caverneux, donna ses douze coups. Alice gagna la cuisine pour déjeuner, sans appétit, d'un bout de laitue et d'un blanc de poulet-mayonnaise.

Chapitre 3 - Le coffret

Le Dramont, novembre 2011

D'un geste sec, Alice ouvrit les persiennes de la grande chambre d'amis. Une rafale de vent glacée lui fouetta le visage.

Elle ne pénétrait que rarement dans cette pièce qu'elle avait pourtant aménagée avec soin à leur arrivée à la Villa blanche. Sa fille Laura y avait séjourné deux semaines, l'été précédent, mais depuis lors, personne n'avait donné signe de vie.

Personne sauf Véra. Sa chère Véra.

Sa meilleure amie avait téléphoné dans la matinée pour lui annoncer sa visite. Elle serait seule. Elle descendait sur la côte varoise pour une semaine : son mari et elle envisageaient de quitter Annecy pour s'installer sur les hauteurs de Juan-les-Pins. Faire la tournée des agences immobilières serait certainement plus agréable, si elle pouvait, chaque soir, retrouver la douceur d'un foyer et sa vieille amie, avait-elle affirmé de sa voix chaude et vibrante.

Alice sourit malgré elle. Elle se souvenait de leur première rencontre dans une agence immobilière de Saint-Germain-en-Laye.

Alice avait vingt-quatre ans, et Didier venait d'obtenir sa mutation à Paris. Elle était partie en quête d'une location et avait jeté son dévolu sur cette ville bourgeoise, mue par l'intuition que cette cité au passé prestigieux lui porterait chance.

Véra était assise dans le salon de réception de l'agence, bien sage, les mains croisées sur les genoux. De longs cheveux noir de jais encadraient un visage ovale qui rayonnait d'une étrange lumière. Alice avait été subjuguée par la bonté qui émanait du regard noisette et mordoré de l'inconnue. La secrétaire de l'agence avait fait presque aussitôt son entrée et avait annoncé, en se confondant en excuses, que leurs rendez-vous respectifs étaient reportés d'au moins une heure... Les deux négociateurs étaient coincés dans les embouteillages... Véra avait souri et répondu avec grâce que ce n'était pas grave. Alice, toujours prête à cette époque à s'enflammer au moindre imprévu, avait ouvert la bouche pour protester. Mais le calme de Véra l'en avait soudain mystérieusement dissuadée.

Elle avait adressé un sourire timide à sa voisine et celle-ci, en retour, lui avait proposé d'aller boire un verre. Autour d'une tasse de chocolat, les deux femmes s'étaient confié l'une à l'autre. Depuis cet après-midi-là, leur amitié n'avait jamais connu le moindre nuage.

Quelques années plus tard, Véra avait fini par se séparer de Brice, un homme violent et avare. Elle s'était remariée avec Marc qui avait fait construire, par amour pour elle, un immense chalet sur les hauteurs du lac d'Annecy, la ville dont il était originaire. Véra donnait des cours de chant à domicile. Véra était ce que l'on appelle communément « une belle âme ». Sa foi, déjà vibrante dans sa jeunesse, s'était épanouie dans les épreuves. Alice se réjouissait de la revoir, de lui ouvrir son cœur, de percer le secret de sa force intérieure.

Toute à ses souvenirs, Alice ouvrit l'armoire à linge.

Elle huma les senteurs de lavande et hocha la tête. Elle se morigéna: « Ma pauvre fille ! Tu n'as décidément aucun talent pour ranger une armoire ! ». Didier souriait toujours de cette faiblesse sans conséquences, passait derrière elle pour empiler les casseroles et les poêles par ordre de taille ou rétablir la verticalité d'une pile de torchons...

Avec un geste d'impatience, elle tira à elle une housse de couette en satin bleu turquoise et la pile de draps entière bascula, s'écrasant à ses pieds avec un bruit mat.

« Et m...ince ! »

En fronçant les sourcils, Alice entreprit de reconstruire la pile. Au moment où elle s'apprêtait à la ranger, son attention fut attirée par quelque chose posé là au fond de l'armoire.

L'objet, un coffret ancien en métal rectangulaire, peint à la main muni d'un couvercle bombé et d'un cadenas doré, datait des années vingt. Cette délicate boite à biscuits représentait des femmes et des fillettes cueillant des roses. Sa grand-mère Marie l'utilisait jadis comme nécessaire à couture.

Alice sentit les battements de son cœur s'accélérer.

Dans sa volonté, après leur emménagement à Agay, de faire place nette le plus rapidement possible, elle avait relégué le coffret au fond de cette armoire, dans cette chambre où elle ne mettait jamais les pieds et l'avait tout bonnement oublié !

« Tu n'as rien à faire là, toi ! »

Elle sortit le coffret, rangea le linge, fit rapidement le lit et quitta la chambre. Puis, elle gagna son bureau pour déposer la boite dans le tiroir d'une commode dont elle avait fait l'acquisition chez un antiquaire de l'Isle-sur-la-Sorgue au printemps dernier.

Elle s'interdit de penser à son contenu... C'était si loin tout ça. Une autre vie...

Véra avait annoncé son arrivée pour le lendemain, en fin d'après-midi. Alice disposait de peu de temps pour s'organiser. Elle dressa mentalement la liste des courses. Passer chez Calderon, le pâtissier de Saint-Raphaël, qui confectionnait les meilleurs macarons à la violette de la Côte, prévoir quelques fleurs et acheter deux ou trois magazines de décoration qu'elle déposerait dans la chambre d'amis. Penser aussi à rapporter une bouteille de « cuvée Estelle », un rosé sans pareil issu du seul domaine viticole de la commune.

Alice aimait Véra comme une sœur et la certitude de pouvoir la serrer bientôt dans ses bras la remplissait de douceur et d'espoir. A pas lents, elle regagna le salon et reprit la brochure. Ce soir, Didier rentrerait tard. Il l'avait averti qu'une réunion avec un investisseur avait été programmée en dernière minute par la Direction des opérations foncières. « Surtout qu'elle ne l'attende pas, qu'elle aille se coucher, il l'embrassait... »

Chapitre 4 - Une histoire de famille

Elle n'avait pas touché à la brochure depuis plusieurs semaines. Par paresse ou par lâcheté ? Elle ne savait pas. Elle ne voulait pas savoir.

L'auteur de « l'Ile rouge » s'attardait sur la période de la seconde guerre mondiale, relatant l'épopée du débarquement. La plage du Dramont, rebaptisée Green Beach par les Américains, avait connu son heure de mort et de gloire. Vingt-mille hommes de la division Texas avaient débarqué le 15 août 1944, s'élançant à l'assaut des rochers rouges de l'Estérel, gravissant les étroits sentiers. Quatre-mille parmi eux y avaient laissé leur vie.

La ville d'Agay avait énormément souffert de la poussée des Alliés. Le viaduc d'Anthéor avait été bombardé, la chapelle et le Château où l'auteur du « *Petit Prince* » s'était marié en 1931 avec sa « rose », Consuelo, n'existaient plus.

En prévision de la tourmente qui s'annonçait, la famille Gardelli avait fermé la Villa Gardénia dès l'été 1941, et s'était repliée à Cannes. Au printemps 1943, fuyant une Italie moribonde, Carlo et les siens avaient rejoint l'Argentine où ils avaient été accueillis à bras ouverts par leurs amis de l'Alliance française. Après la guerre, Carlo avait cédé au désir de son épouse, nostalgique de la vieille Europe et s'était résolu en 1948 à retrouver sa Toscane natale puis la ville de Cannes.

Alessandro et Massimo, s'étaient installés à la Bocca, dans une aile de la Villa Primera, louée à la Comtesse Ghika, alias Liane de Pougny, scandaleuse repentie. Les deux frères assuraient en tandem la direction de l'entreprise cannoise, qui prospérait de plus belle après les incertitudes de l'après-guerre. Éternels célibataires, ils écumaient dancings et restaurants à la mode pendant la saison du festival, se métamorphosaient pour quelques semaines en bourreaux des cœurs, faisaient la une des journaux à scandales puis ils retournaient sagement à leurs affaires.

En 1952, le soir de Noël, Carlo avait succombé à une crise cardiaque dans sa propriété de Fiesole. Le testament stipulait que Massimo dirigerait la branche italienne. Alessandro, le plus doué, recevait en héritage la gestion de la filiale cannoise et des intérêts Gardelli en Amérique du Sud. Par codicille, rédigé un an avant son décès, « Le patriarche » avait chargé Alessandro d'une mission très spéciale : rendre à la Villa Gardénia sa splendeur d'antan. Le vieil homme avait ainsi cédé au souhait d'Elvira qui désirait finir ses jours dans sa chère « maison d'été ».

Alessandro se donna corps et âme à la rénovation de la villa. Par amour filial et par calcul. Si ses plans se concrétisaient, il pourrait, comme son père avant lui, attirer dans ses jardins, la fine fleur de la société et promouvoir les intérêts du groupe. Il était temps de donner à Agay une nouvelle jeunesse ! La petite ville meurtrie, blottie dans son écrin de roches incarnates attirerait bientôt une clientèle de parisiens, jeunes couples et employés aisés, avides de goûter aux plaisirs nautiques. La proximité de Cannes et le charme suranné de Saint-Raphaël, tout allait contribuer à son renouveau.

Comme l'avait prédit son propriétaire, La Villa Gardénia redevint le lieu magique qui avait enchanté tant de célébrités.

Alessandro fit élargir les baies vitrées du Grand Salon, rénover les serres, et creuser une piscine aux eaux émeraude. Elvira s'y installa en 1954. Mais elle ne profita guère de ses chers gardénias. Un soir de juin 1955, sa gouvernante trouva son corps inanimé flottant dans la piscine : elle était morte noyée, victime d'une rupture d'anévrisme.

Pour se consoler de la perte de sa mère, Alessandro quitta momentanément la France et partit pour Buenos Aires. Six mois plus tard, il était de retour. De 1954 à 1959, il séjourna régulièrement chaque été à la villa. Puis, sans crier gare, il ferma la propriété et disparut de la circulation. Son mariage en 1961 avec une héritière florentine fut annoncé par un entrefilet de dix lignes dans le journal local d'Agay.

La brochure s'achevait par une série de photos de la villa et des jardins prises pendant l'été 59. Elles étaient signées Jeanne Mandello, une photographe uruguayenne talentueuse, amie de la famille.

En double-page, un technicolor, tiré sans doute depuis la mer, troubla Alice par le caractère intime de la scène. On y voyait Alessandro debout sur le ponton de la villa, en bras de chemise et pantalon de coton ivoire, jambes écartées et bras tendus. Il se penchait en souriant, s'apprêtant à saisir à la volée, dans ses bras puissants, un petit garçon aux jambes potelées qui courait d'un air décidé vers lui. Face à lui, à l'extrémité du ponton, une jeune femme accroupie, coiffée d'une capeline blanche les regardait ; une « femme fleur » songea Alice. Sa robe blanche, aux larges rayures roses retombait en corolle autour de sa taille. La légende, banale à pleurer, ne révélait rien de précis. « Été 1959 - Alessandro di Gardelli en compagnie d'une amie en visite ».

L'ultime chapitre, rédigé à la hâte, mentionnait que la famille Gardelli était toujours propriétaire du domaine. Alessandro n'avait jamais donné suite aux offres d'achat pourtant avantageuses qui lui avaient été faites.

Cinquante-deux ans s'étaient écoulés.

Aujourd'hui, depuis sa terrasse, Alice pouvait encore apercevoir le sommet de l'aile ouest de la villa. Si le bel Alessandro vivait encore, il devait avoir dépassé les quatre-vingt-dix ans !

Par curiosité, elle glana quelques informations sur internet et découvrit que l'aîné des Gardelli avait eu deux enfants : un garçon, Fabrizio, et une fille prénommée Matilda. Il coulait une vieillesse heureuse dans la propriété familiale de Fiesole, sur les hauteurs de Florence. Fabrizio avait succédé à son père et à son oncle Massimo, à la tête de l'Empire Gardelli dans les bureaux de Cannes. Matilda poursuivait une brillante carrière d'architecte, participant à des chantiers en Argentine, en Italie et dans l'arrière-pays varois.

Alice se trouvait dans un atelier, debout face à une chaîne de montage où défilaient des boites en fer multicolores. Sa tâche consistait à coller sur chaque coffret, une étiquette blanche où était mentionné, en lettres noires, « Secret, ne pas ouvrir ». Curieuse de nature, elle avait cédé à la tentation et ouvert un des coffrets, qui libérait à présent une fumée rouge et âcre et de courtes flammèches. Une alarme stridente s'était mise en marche et le feu se propageait désormais à tout l'atelier. Les ouvriers avaient tous évacué les lieux. Prisonnière de la fournaise, Alice voyait les portes de l'atelier se refermer devant elle. Elle les martelait de ses poings fermés. Le feu lui léchait le dos, provoquant une douleur intolérable...

Elle s'entendit hurler.

Dans la pénombre matinale, Alice chassa le mauvais rêve. Le réveil marquait sept heures. Didier avait déjà quitté la maison. Les articulations douloureuses, au bord des larmes, elle descendit dans le salon et s'allongea sur la méridienne. Le plaid recouvrait entièrement son corps. Comme un linceul, songea-t-elle...

Elle pensa à son coffret.

La perspective de la visite de Véra ranima son courage. Un gros bol de café la réconforta et une douche brûlante acheva de la libérer de l'angoisse familière. Elle sortit sa Mini Austin du garage et s'engagea sur la route de Boulouris.

Les macarons ne pouvaient pas attendre !!!

Le vieux coupé Mercédès de Véra s'engagea dans l'allée au moment où que le carillon sonnait cinq heures.

Alice, rose d'excitation, étreignit longuement son amie, lui redisant vingt fois sa joie de la revoir. Véra n'était jamais venue au Dramont. Alice l'introduisit dans son salon. La pièce baignait dans une lumière douce et irisée. Au loin, la tour de l'Ile rouge semblait capter toute la splendeur du couchant. Elles prirent leur thé en échangeant des nouvelles de leurs enfants. Véra, fatiguée par le long trajet avait envie de se détendre et de s'aérer un peu. Alice lui proposa une courte promenade sur « sa » plage.

Le vent avait faibli et le soleil à son déclin, marbrait la surface de l'eau, le sable et les roches de fragments d'or. Véra s'extasia sur la beauté du paysage. De retour à la villa, elle félicita Alice d'avoir choisi un endroit aussi enchanteur et avec un sourire malicieux lui fit une proposition inattendue. Pourquoi ne l'accompagnerait-elle pas demain et même les jours suivants, dans ses visites autour de Vallauris ? Elle avait besoin de ses conseils avisés et affronterait les négociateurs avec plus d'assurance si Alice se tenait à ses côtés. Alice accepta avec joie. La météo était au beau fixe et Didier, toujours absorbé par son nouveau dossier ne s'y opposerait sûrement pas.

La soirée fut charmante. Didier, qui avait pu enfin se libérer, se montra aimable et souriant. Véra, par courtoisie, lui posa quelques questions sur son nouveau travail auxquelles il répondit volontiers. Oui, il avait fort à faire... Des journées de douze heures, mais à son bureau, il jouissait d'un cadre enchanteur. En ce moment, il travaillait sur un dossier de financement qui requérait toute son attention. La seule information qu'il pouvait laisser filtrer, c'est qu'il s'agissait d'un prestigieux groupe italien désireux de réhabiliter une immense et célèbre villa des années trente...

Les blancs de seiche à la niçoise préparés par Alice, accompagnés de la cuvée Estelle, puis les merveilles de macarons à la violette avaient plongé les trois amis dans une béatitude sans borne. Chacun regagna sa chambre. Lorsqu'Alice s'allongea près de son mari, celui-ci se tourna vers elle et lui murmura d'une voix éteinte « Bonsoir, chérie ». Alice réalisa que Didier n'avait pas prononcé de mots aussi tendres depuis plusieurs semaines. Reconnaissante, elle se pressa contre son corps inerte et s'endormit.

Chapitre 5 - Les inconnus sur le ponton

Le Dramont, décembre 2011

Alice sortit sur la terrasse inondée de soleil. Décembre s'annonçait. Véra venait de la quitter.

Cette semaine passée ensemble à écumer, sans succès, les agences de l'arrière-pays, elle n'était pas prête de l'oublier !

A Mougins, lors d'un déjeuner à *la Gaudinade*, devant une tartine au chèvre chaud, Alice s'était brusquement, avec violence, ouverte à Véra de son sentiment lancinant de solitude, de ses doutes concernant son mariage et de ses rêves d'écriture. Véra avait posé doucement sa main sur la sienne et lui avait répondu que le vide qu'elle ressentait était normal. Seul un amour plus grand, l'Amour de Dieu pourrait combler son cœur. Face à la sincérité désarmante et au ton sérieux de son amie, Alice avait mesuré son propre désarroi, cette lente érosion de tous ses sens qui instillait en elle un poison redoutable : le dégoût de la vie.

Ce matin d'hiver, la splendeur des rochers de l'Ile virant au carmin qui s'étalait de manière indécente sous ses yeux ne parvenait pas à museler son désespoir. Elle rajusta son chandail, trouva son vieux matelas de plage et dégringola les jardins en espaliers pour rejoindre la crique déserte.

Elle était assise là depuis quelques minutes, bercée par le frottement régulier du ressac, quand le bruit assourdi d'une conversation attira son attention.

Dévalant une sente sableuse, un groupe de personnes se dirigeait en direction du vieux ponton. Alice distingua deux hommes de haute stature, en costume beige clair, suivis d'une femme brune à la silhouette élancée, vêtue d'un tailleur noir qui trottinait derrière eux, tenant d'une main ses escarpins, de l'autre, un grand cartable vernis rouge.

Les trois inconnus s'aventurèrent jusqu'à l'extrémité du ponton.

L'un des hommes pointa le doigt en direction de l'Ile en s'adressant tour à tour à la femme brune qui avait sorti des croquis de son cabas et à son autre interlocuteur, lequel prenait des notes sur un calepin. Le petit groupe demeura là quelques minutes, penché sur les croquis, échangeant des paroles que le vent emporta.

Puis, les trois inconnus firent subitement demi-tour et disparurent comme happés mystérieusement par la sente.

Personne n'utilisait jamais l'ancien ponton. Les artisans qui assuraient l'entretien de la tour et de la villa embarquaient au port du Poussai...

Alice haussa les épaules et se releva.

Tout son corps lui faisait mal. Elle prit le sentier qui zigzaguait au flanc du rocher, le long des terrasses dont elle connaissait chaque recoin par cœur. Essoufflée, elle referma soigneusement la porte-fenêtre du salon derrière elle.

Sa maison, son havre de paix ou sa prison dorée ?

Il était temps qu'elle délaisse un peu la plage pour reprendre l'écriture de son livre, l'histoire de sa vie, brutalement interrompue à la mort de son père, deux ans plus tôt...

Déterminée, Alice s'installa à son bureau. Jusqu'à la tombée de la nuit, elle s'efforça de se replonger dans son récit et n'accoucha que de quelques lignes maladroites.

Rentré tôt, Didier découvrit sa femme prostrée dans le noir, en larmes, dans cette pièce à la décoration raffinée où il s'était toujours senti un étranger. Désemparé, il ne trouva aucun mot pour la consoler et s'éclipsa sur la pointe des pieds, la laissant à son mystérieux chagrin. Il décida de préparer un potage de légumes pour le dîner. Il l'appellerait quand elle serait enfin calmée.

Murée dans son silence, Alice avala son bol de soupe puis regagna son refuge. Le dégoût d'elle-même et de sa vie la submergeait. Épuisée, elle se coucha en chien de fusil sur la banquette qui servait de lit d'appoint, serrant convulsivement contre sa poitrine son coussin dodu de soie blanche à fleurs roses. Retenant ses larmes, elle bascula dans le sommeil.

Elle rêva de coffrets multicolores mais cette fois-ci, les

étiquettes avaient disparu et les couvercles refusaient de s'ouvrir...

Chapitre 6 - Fabrizio

Saint-Raphaël, 14 décembre 2011

Quinze jours plus tard, deux événements se produisirent coup sur coup Ils allaient impacter la vie d'Alice de façon irrémédiable.

Ce mercredi-là, après avoir fait son marché très tôt dans la matinée, elle avait décidé de s'accorder un moment de détente : monter sur les hauteurs de Valescure pour aller déguster un grand Capuccino au bar de l' Hôtel Mercure.

Sur une table basse, près du fauteuil où elle s'était installée, traînait une édition du journal local « *Var-matin* ».

Un gros titre attira son attention.

« *Mort d'Alessandro di Gardelli : quel avenir pour la Villa Gardénia ?* »

Le journaliste relatait brièvement la mort du vieil homme d'affaires survenue un mois et demi auparavant et les liens de la famille avec la ville d'Agay. L'article mentionnait les démarches entreprises par son fils, Fabrizio di Gardelli, auprès de la Communauté d'agglomération. Le groupe italien allié à un partenaire d'Amérique du Sud avait pour projet de transformer la Villa Gardénia en restaurant de luxe. Un port privé devrait être créé sur la plage la plus proche de l'Ile.

Sa plage à elle ?

Alice poursuivit sa lecture.

En Argentine, les Gardelli frayaient avec les industriels depuis les années trente. Le groupe d'engineering et de travaux publics partenaire du projet, Benedetto Giotti & D, dont le siège se trouvait à Cordoba s'était taillé, pendant les « années Peron », la part du lion sur le marché d'Amérique latine. Grâce à cette opération de prestige, le patriarche s'apprêtait à réaliser son rêve : mettre le pied sur le vieux continent !

Curieux tout de même, songea Alice, cet attrait irrésistible de nombreux Argentins, fils et petits-fils d'immigrés, pour la Terre de France...

Le mystère de la visite des trois inconnus était résolu !

Contrariée, Alice avala d'un trait son café en se brûlant la langue, jura malgré elle, puis se dirigea vers la réception pour régler sa note.

Si ce projet de port privé se matérialisait, elle pourrait dire adieu à la tranquillité de sa plage ! Alice réalisa que pour accéder à la crique et réorganiser cet espace, les Gardelli devrait impérativement leur racheter un bout de terrain.

Il fallait qu'elle réfléchisse à tête reposée. Le mystérieux investisseur italien auquel Didier avait fait allusion le soir de l'arrivée de Véra, n'était autre que Fabrizio di Gardelli !

Un mauvais pressentiment s'était emparé d'elle et ne la quittait pas.

Au retour, elle stoppa sa Mini au bas de l'allée de la Villa blanche pour récupérer le courrier du jour. En général, elle ne se donnait pas cette peine ! Didier se chargeait de cette corvée quand il rentrait du travail.

Mais aujourd'hui, elle se félicitait d'avoir obéi à son intuition.

Une enveloppe portant le logo arrondi en forme de fleur du CAVEM, la Communauté d'agglomération dont dépendait Le Dramont, attendait dans sa boite aux lettres, coincée entre deux énormes catalogues de supermarché.

Le cœur battant, Alice s'installa à son bureau et décacheta l'enveloppe avec soin. La Direction des opérations foncières et du Développement économique l'avisait qu'un projet de transformation de la Villa Gardénia en restaurant de luxe requérait la construction d'un port privé à l'extrémité orientale de « sa » plage et par conséquent le rachat d'une partie de sa propriété. Le Président du CAVEM la conviait à une réunion le lundi 19 décembre. Elle aurait le privilège d'y rencontrer l'investisseur principal Fabrizio di Gardelli ainsi que l'architecte chargée de la rénovation. Matilda di Gardelli leur présenterait un avant-projet sur plan ainsi que la maquette du port privé.

Le ton de la lettre était poli mais ferme. Le pot de terre contre le pot de fer !

Alice poussa un profond soupir. Sous le choc, elle se lança dans le ménage du salon pour calmer ses nerfs puis se consacra au tri des décorations de Noël. Un fond de migraine la tenaillait. Elle en oublia complètement son projet d'autobiographie.

Chapitre 7 - Transactions

Saint-Raphaël, lundi 19 décembre 2011

Pétrie d'appréhension, la boule au ventre, Alice se prépara avec soin pour son entrevue avec Fabrizio di Gardelli.

Elle avait choisi une jupe crayon noire, un chemisier de soie bleu pastel dont l'échancrure soulignait timidement le contour de ses seins et un manteau en laine bleu marine à la coupe impeccable. Elle brossa longuement ses cheveux auburn et se maquilla légèrement. Une paire d'escarpins noirs et un collier de perle complétaient cette tenue qu'elle jugea bien adaptée à cette entrevue. Stricte, avec un brin de sophistication.

Une tenue capable de tenir un « adversaire » à distance.

Alice pressentait qu'à l'issue de cette journée, son existence ne serait plus jamais la même. Voir sa vie bien réglée s'imbriquer, par le biais d'une vente forcée, dans celle du puissant clan Gardelli soulevait en elle un éventail de sentiments contradictoires allant de l'excitation à la plus pure panique.

Didier et elle avaient longuement discuté la veille au soir.

Son pressentiment s'était avéré exact. La banque de Didier était bel et bien en charge du montage financier complexe qui allait présider à la rénovation de l'Ile et à la création du restaurant. Didier l'avait mise en garde. La décision de transformer la Villa Gardénia en établissement de luxe avait été couchée dans les dernières volontés d'Alessandro di Gardelli et l'engagement du consortium de travaux publics argentin Giotti était une « condition non négociable ». Didier estimait qu'il était préférable d'accepter sans rechigner l'offre de rachat plutôt que de s'opposer à leur projet. Le bout de terrain à céder n'était qu'un agrégat de rochers ventés et de broussailles, un coin de terre sauvage indomptable, impossible à entretenir de toute façon, avait-il affirmé en haussant les épaules. L'argent que rapporterait la vente serait le bienvenu.

Et Didier de lancer son argument ultime, inattaquable : pourquoi ne pas utiliser cette somme pour rénover enfin la Villa des Acacias, la propriété familiale qu'Alice avait reçue en donation de sa mère sur les rives du lac du Bourget ?

Alice gara sa voiture dans une rue tranquille du quartier pavillonnaire qui faisait face aux bâtiments de la Communauté d'agglomération.

Comme à son habitude, elle était en avance. Elle se força à ralentir le pas et inspira profondément. Ce rendez-vous ne serait probablement que le premier d'une longue série !

Elle devait à tout prix garder la tête froide !

Elle mentionna son nom à l'accueil et la secrétaire lui répondit que l'assistante du Président, Alexandra Munoz, allait venir la chercher.

Quelques minutes plus tard, une jeune femme aux cheveux blonds cendrés coupés au carré, vêtue d'un tailleur gris perle impeccable s'approcha et lui souhaita la bienvenue en arborant un large sourire qu'Alice, quelque peu jalouse, trouva artificiel. L'assistante la fit pénétrer dans la salle du Conseil.

Assis autour de l'impressionnante table en loupe d'orme qui envahissait l'espace, le Président, Oliver Massart, son adjoint à l'Urbanisme et à l'Environnement, Jacques Delorme, et deux autres personnes étaient plongés en pleine conversation. Ils se levèrent pour l'accueillir et lui serrer la main.

Massart présenta Fabrizio di Gardelli et la jolie Matilda, sa sœur.

Alice, par bravade, comme pour secouer sa propre timidité, plongea l'espace d'un instant son regard dans celui de Fabrizio.

Une lueur d'intérêt fugitive passa dans les yeux brun doré du bel italien.

Décidément, ce Fabrizio tenait de son père se dit Alice. Même port de tête arrogant, même aura, même sourire désarmant ! Son regard surtout lui rappelait un autre regard...

Alice ferma les yeux et crut qu'elle allait s'évanouir.

Fort heureusement pour elle, Le Président proposa au même

instant à ses invités de prendre place. Dès qu'Alexandra Munoz leur eut distribué une pile de dossiers, il annonça que la réunion pouvait commencer.

Olivier Massart rappela que le développement touristique était un objectif prioritaire du CAVEM. Après la vague d'engouement pour le tourisme de masse qui avait conduit en 1990 à la création de Cap Estérel, le plus grand village vacances d'Europe, la ville de Saint-Raphaël souhaitait désormais renouer avec la tradition du tourisme de luxe, développer des activités plus respectueuses de l'environnement, et attirer une clientèle fortunée qui commençait à se lasser du « bling-bling » cannois. Le projet Gardelli tombait à pic ! La rénovation de la Villa Gardénia, conclut le Président, s'inscrivait dans cette volonté de « réhabilitation du patrimoine local ».

Jacques Delorme prit la parole pour expliquer le déroulement des opérations qui se réaliseraient en deux étapes. La construction du port privé commencerait au printemps 2012. Un quai serait aménagé pour deux bateaux-navette. Afin de préserver la tranquillité « des riverains », le dernier passage s'effectuerait aux alentours de vingt-trois heures pour laisser aux clients le temps de prendre un dernier verre au bar. Le restaurant serait fermé le lundi. Les tables, une vingtaine seulement, seraient accessibles sur réservation. L'Ile rouge resterait fermée au public de la mi-novembre à la fin mars. Quelques évènements exceptionnels, mariages ou réceptions d'entreprises rythmeraient la belle saison.

Le Groupe Gardelli finançait l'aménagement du port privé, la construction des nouveaux pontons et la restauration des serres. La restructuration de la bâtisse, la réfection des terrasses seraient du ressort de la holding argentine Giotti et D.

Jacques Delorme se tourna vers Matilda di Gardelli.

L'architecte fit quelques commentaires rapides sur la maquette du port et sur l'avant-projet de la Villa, matérialisé par un plan qui occupait la moitié de la table. L'étage inférieur comprendrait l'accueil, une salle de restaurant, deux salons privés avec terrasse privative, le bar ouvrant sur la terrasse principale ainsi que les cuisines et les dépendances. A l'étage, dans l'aile est, on aménagerait les bureaux. L'aile ouest, correspondant aux anciens appartements privés Elvira di Gardelli, allait accueillir un logement de quatre pièces destiné au Chef argentin pressenti.

Matilda demanda à une Alice médusée si elle avait des questions. Alice secoua la tête en signe de dénégation. Matilda se tourna vivement vers son frère et l'invita à poursuivre.

Fabrizio di Gardelli gratifia Alice d'un sourire ravageur et déclara que les négociations sur la cession du terrain feraient l'objet d'une réunion ultérieure entre les parties concernées.

Le Président Massart consulta sa montre en fronçant les sourcils et annonça que la réunion était terminée. Il sortit, Jacques Delorme sur ses talons... Alice, Fabrizio et Matilda emboîtèrent le pas à Alexandra Munoz. Ils se retrouvèrent dans le hall de l'immeuble. Alexandra prit congé, suivie de l'architecte qui prétexta un rendez-vous urgent.

Fabrizio tendit sa carte de visite à Alice et l'invita à contacter son assistante personnelle au siège de la société pour prendre rendez-vous en fin de semaine. Qu'elle se rassure ! La proposition qu'il lui soumettrait serait particulièrement avantageuse. Ce projet, qui revêtait un caractère familial, lui tenait particulièrement à cœur. Les fêtes de fin d'années allaient le retenir loin de Cannes : c'était une raison de plus pour que cette affaire se règle dans les meilleurs délais.

En s'approchant de lui pour lui tendre la main, Alice fut enveloppée par le sillage de son parfum, un mélange effervescent d'ambre blanc et de vétiver. Au même moment, les rayons du soleil se déversèrent brutalement sous la verrière et balayèrent la chevelure noire de l'industriel, révélant une émouvante mèche argentée au coin de sa tempe gauche.

Déjà il la quittait, laissant Alice plantée là, perplexe, charmée, plus anxieuse que jamais !

Alice fit quelques pas en arrière pour juger de l'effet de sa nouvelle acquisition : une toile qu'elle avait commandée pour habiller un pan de mur vide de son salon, face à la cheminée. Le triptyque mesurait deux mètres sur trois et représentait sur la gauche un cyprès verdoyant, au centre, un olivier aux formes imposantes et à droite, un camélia du Japon. Ces toiles étaient l'œuvre de Lisa. Lisa, qui leur avait vendu la Villa blanche.

Elle était la fille unique du Docteur Phil Chapman, un allergologue qui partageait son temps entre l'hôpital de Cannes et son laboratoire de recherche de San Diego. Quand la mère de Lisa était morte, terrassée par une leucémie fulgurante, le brave homme, anéanti, avait abandonné son poste et sa villa du Dramont pour rejoindre définitivement le soleil de sa Californie natale, laissant à sa fille unique le soin de trouver un acquéreur. Le mari de Lisa, Daniel Spinelli, était l'héritier d'un très ancien domaine oléicole sur la commune de Bargemon, au versant sud du Parc régional du Verdon. Le couple vivait dans l'immense bastide familiale dont ils venaient de terminer la restauration. Lisa partageait ses activités entre traduction pour des auteurs américains, réception des clients au magasin du moulin, et sa chère peinture.

Les deux couples avaient sympathisé et se rendaient visite trois ou quatre fois par an. Alice aimait la peinture de Lisa, dont la palette vibrante exprimait avec sincérité la force et la variété des paysages provençaux. Lisa et Daniel avaient laissé entendre que leur vie de couple avait connu, quelques années auparavant, un tournant majeur et un renouveau qui les avaient conduits à approfondir leur foi en Dieu. Au dernier Noël, Daniel leur avait même offert une Bible protégée par une couverture en cuir d'agneau bien souple d'une jolie couleur parme. Didier avait remercié et emporté aussitôt le livre dans son bureau. Par pudeur, Alice n'avait jamais osé reparler de ce cadeau, ni à son mari, ni à Lisa.

Lisa... Lisa et Véra...

L'olivier attirait les regards. Lisa avait choisi de le placer au centre et avait expliqué à Alice qu'il était symbole, depuis la plus haute antiquité, de tempérance, de sagesse et d'harmonie mais aussi du triomphe.

Le cyprès, gardien des maisons de bergers, toujours verdoyant, évoquait la pérennité. Le camélia, enfin, tout en finesse, aux nuances de rose sublime, vous emportait dans un univers de tendresse et de féminité.

La sonnerie de son téléphone portable, une musique cubaine chaude et sensuelle, extirpa Alice de ses rêveries. L'assistante personnelle de Fabrizio Gardelli lui proposait un rendez-vous le surlendemain. En raccrochant, Alice se souvint qu'elle n'avait pas encore sérieusement discuté avec Didier de la conduite à tenir concernant la négociation. Elle se promit d'aborder sans faute le sujet dans la soirée.

Didier rentra tôt. Il était d'excellente humeur et c'est lui qui entraîna Alice sur le canapé du salon après le dîner. Tout en sirotant un fond de cognac, il entreprit de la serrer contre lui. La lumière dorée de la liseuse près du sofa formait comme un cercle autour d'eux. Alice s'étonnait de cette manifestation d'affection. Il était si rare qu'ils se retrouvent assis l'un près de l'autre dans cette intimité qu'elle croyait enfuie à jamais.

Mais elle était là pour lui parler de la vente ! Alors, elle se redressa et s'écarta de lui.

Elle lui narra son entrevue avec les Gardelli sans insister sur les détails.

Didier avait étudié l'avant-projet que Fabrizio de Gardelli leur avait adressé. Il était difficile de faire une estimation, soupira-t-il. Cent mille euros... C'était la somme maximale qu'ils pouvaient espérer pour les cinq mille mètres carrés de bande littorale qu'il fallait « leur » céder... Après tout, il ne s'agissait que d'un misérable bout de terrain pentu, rocailleux, planté de trois pins parasols maigrichons. Quelques arpents de broussaille...

« Elle savait bien qu'ils n'y mettaient jamais les pieds ! »

Didier faisait entièrement confiance à Alice pour mener la transaction. Elle irait donc seule à ce rendez-vous. Comme toujours, elle s'en tirerait très bien sans lui !

Comme toujours...

Sans attendre la réponse de sa femme, Didier se leva, planta un baiser sonore sur le front de son épouse et regagna son bureau. Un pli amer creusait sa joue.

Chapitre 8 - Les secrets d'Alessandro

Cannes, jeudi 22 décembre 2011

Le siège social du Groupe Gardelli se situait dans une paisible rue parallèle au boulevard Alexandre III proche de la pointe de la Croisette. Fabrizio avait installé la Direction générale dans un hôtel particulier Art nouveau, reléguant les services administratifs annexes ainsi que les bureaux d'étude à la périphérie de l'agglomération, dans la nouvelle zone industrielle des Tourrades. Quand Alice avait confirmé son heure d'arrivée, elle avait reçu l'autorisation de garer sa voiture sur le parking réservé aux invités.

Angelina Rossi l'accueillit dans le hall pavé de marbre de carrare. Elles gravirent ensemble l'escalier majestueux où d'imposants miroirs de Venise déployaient à l'infini son image et celle de la jeune femme. Impressionnée, Alice marqua le pas avant de franchir la porte du bureau de l'industriel.

L'Italien vint à elle, la main tendue. Il lui souhaita la bienvenue et l'invita à prendre place. Au passage, il lui adressa un sourire à damner toutes les saintes de la terre. Pour se rassurer, Alice caressa les accoudoirs du fauteuil en cuir noir qui s'offrait à son dos fatigué. Le contact de la matière chaude, souple, vivante, lui fit du bien.

Sans plus attendre, Fabrizio poussa devant elle un dossier ouvert à la première page. Il lui expliqua qu'il avait fait établir une proposition qu'elle était libre d'accepter dès aujourd'hui. En l'absence de son mari, une première signature lui permettrait de bloquer un rendez-vous pour le compromis dès qu'il aurait reçu, par courrier électronique, la confirmation écrite de son époux.

En milieu de page, le montant s'étalait en épaisses lettres noires italiques :

Cent trente mille euros.

Grand seigneur, Fabrizio Gardelli avait ajouté au montant prophétisé par Didier, la somme rondelette de trente mille euros, due à titre d'indemnités pour « nuisances de voisinage ». Le groupe Gardelli prévoyait en effet d'amener l'électricité au port et de construire une rampe d'accès. Un grillage serait posé en limite de propriété mais le quai serait arboré et bien entretenu !

Cent trente mille euros !

Alice poussa un soupir de soulagement. Elle leva les yeux vers Fabrizio sans le voir et sourit.

Elle imaginait déjà les transformations rendues enfin possibles à Conjux grâce à cette manne tombée du ciel : une véranda au sud ouvrant sur les eaux turquoise du lac et sur le verger, la rénovation de la terrasse, une cuisine digne de ce nom, un...

Fabrizio lui rendit son sourire. Il était satisfait de la tournure rapide que prenait l'affaire. Alice Schneider venait de signer sa proposition sans sourciller.

Avant de la laisser s'en aller, il souhaitait lui partager quelques informations sur les raisons qui l'avaient poussé à se lancer dans le projet de la rénovation de l'Ile rouge. Alice était une femme sensible et charmante, très intelligente. En lui disant la vérité, il lui semblait qu'il accomplissait un devoir, qu'il se libérait lui-même d'un vague sentiment de culpabilité.

Fabrizio di Gardelli ressentait une impression bizarre... Il avait soudain l'intuition que l'histoire qu'il s'apprêtait à raconter allait bouleverser la vie de son interlocutrice !

Cela prendrait quelques minutes...

Ensuite, il lui offrirait un cocktail sans alcool dans le petit salon.

Fabrizio passa une main dans sa chevelure noire et commença son récit.

« Cette histoire est restée secrète et je compte sur votre discrétion, mais il me parait nécessaire de vous donner quelques explications sur les motifs qui m'ont conduit à me lancer dans la rénovation de la Villa Gardénia. Rassurez-vous, je ne serai pas long ! »

Intriguée, Alice lui fit un signe de la main pour l'encourager à poursuivre.

« Vous êtes, vous et votre époux, les plus proches voisins de la Villa Gardénia et j'imagine que vous vous êtes posé beaucoup de questions sur l'avenir de l'Ile et sur la raison pour laquelle cette magnifique demeure restait inoccupée... En réalité, la décision d'ouvrir à nouveau la Villa pour la transformer en restaurant a été prise par mon père, Alessandro. Vous avez peut-être lu dans la presse locale qu'il est décédé d'un cancer il y a quelques semaines. Eh bien, figurez-vous que quelques mois avant sa mort, il nous a convoqués manu militari, Matilda et moi, dans notre propriété de Fiesole. Il avait des révélations à nous faire... Devant un verre de Chianti, nous avons appris que nous avions un demi-frère ! En bref, mon père avait conçu un enfant illégitime avec une étrangère bien avant de rencontrer ma mère.

Il avait fait sa connaissance au cours de l'été 1938 ! Ils s'étaient baignés dans les criques proches de la Villa, là où l'eau est si profonde qu'elle en devient presque noire, avaient même plongé, dans leur jeune inconscience, main dans la main, depuis les rochers de la cathédrale. Allongés sur les galets rouges de la calanque du Poussai, c'est là qu'ils avaient échangé leur premier baiser. Il avait dix-sept ans, elle en avait seize. Il l'avait aimée au premier regard. Mais la belle demoiselle, qui accompagnait son père, un homme d'affaires argentin, était repartie dans son pays sitôt les contrats signés.

Mon Grand-père Carlo ne garda pas contact avec cet homme. Quand ma famille gagna l'Argentine, en 1943, mon père la chercha partout à Buenos Aires, en vain... C'était comme si elle s'était volatisée. Lorsque ma grand-mère Elvira mourut dans des circonstances tragiques, mon père, très affecté, réalisa d'un coup qu'il était « passé à côté de son bonheur ». Il décida de retrouver Mathilde et sa persévérance fut couronnée de succès. Ils se revirent le 14 juillet 1956 lors d'une réception à l'Alliance française de Buenos Aires et ils vécurent une brève liaison passionnée. Mon père repartit pour Cannes, jurant à sa belle qu'il allait tout faire pour faciliter sa venue en Europe. Il voulait l'épouser. Il n'avait peur de rien mon père ! Il ignorait que Mathilde était « promise » à un autre, un homme plus âgé qu'elle, un personnage issu de la vieille noblesse française d'Ancien Régime. Le père de Mathilde tenait à cette union pour des raisons de prestige. »

Un peu mal à l'aise, Alice se tortillait dans son fauteuil. Pourquoi diable rentrait-il dans tous ces détails ?

Sans remarquer son trouble, Fabrizio continuait son récit.

« Quand Mathilde annonça par télégramme, deux mois plus tard, à mon père qu'elle était enceinte, il reprit le bateau pour l'Argentine. Et là, il se heurta à l'intransigeance farouche du vieil homme. Mathilde, sous la coupe du patriarche, se voyait contrainte sur l'heure d'épouser l'homme qu'elle n'aimait pas ; ce dernier en contrepartie promettait de reconnaître « l'enfant de la honte » et de l'élever comme son propre fils. Mon père, anéanti, ne voulant pas créer de scandale, retourna en France et enfouit son chagrin, se jetant à corps perdu dans son travail. Il séjourna quelques étés à la Villa Gardénia mais en juin 1959, un coup de théâtre se produisit. Mathilde quitta brutalement son mari en emmenant son enfant et gagna la France. Elle tomba dans les bras d'Alessandro. Mon père vécut là ce qu'il appelait « les plus beaux moments de sa vie ». Trois mois de bonheur. Comme une évidence. Il nous a montré avant sa mort, une montagne de photographies prises par une amie au cours de cet été-là. Sur l'une d'elle, on voit mon demi-frère qui avait un peu plus de deux ans à cette époque...

Alice retenait sa respiration.

« ...Mais voilà que le mari jaloux, après avoir menacé sa femme par téléphone, débarqua sur l'Ile rouge un soir de septembre et déclara qu'il allait repartir avec le petit si elle ne le suivait pas illico presto ! Sans argent, sans visa de longue durée, Mathilde se résigna. Elle prit son fils et retourna en Argentine.

Lorsque mon père a évoqué devant nous cette déchirure, il s'est mis à sangloter comme un enfant. Cela explique, voyez-vous, qu'il ait fermé la Villa fin 59 et qu'il n'y soit jamais revenu, qu'il ait refusé toutes les offres et gardé cette île jusqu'à la fin de sa vie... Il a épousé ma mère en décembre 1961. Il l'a aimée certes et il nous adorait, mais il n'a jamais guéri de cet amour impossible, de ce traumatisme...»

Dans un souffle, Alice s'entendit poser une question indiscrète.

« Et qu'est-il advenu de Mathilde et de l'enfant ? »

Fabrizio se redressa. Le regard embué de larmes, il poursuivit :

« Mon père a appris la mort de Mathilde en 1979. C'est le père de celle-ci qui l'a contacté pour lui communiquer la nouvelle. Dans sa lettre, le vieil homme lui demandait pardon : il venait de réaliser que son stupide entêtement avait causé le malheur de sa fille. Mathilde est morte terrassée par une forme aiguë de la Maladie d'Alzheimer. À cette époque, les relations entre la France et l'Argentine étaient pratiquement au point mort à cause de la dictature militaire qui sévissait dans le pays. Mon père apprit que son "fils" avait embrassé la carrière militaire et rejoint la prestigieuse Escuela naval de la Plata. Ce fut un nouveau choc pour lui ! Vous connaissez la suite... La guerre des Malouines... Bref, pour finir mon histoire, lorsque mon père a compris, il y a trois ans, que ses jours étaient comptés, il a finalement effectué des recherches pour retrouver son fils. Ils se sont rencontrés en secret à New-York à l'automne 2010. Il y a quelques mois, Alessandro a fait modifier son testament et ordonné que la Villa Gardénia soit remise en état après son décès pour devenir un restaurant de haute gastronomie. Car, mon demi-frère, voyez-vous, ma chère Alice, cuisine comme un dieu ! Le restaurant de l'Ile rouge s'appellera « l'Almanezer », ce qui veut dire « aube » en espagnol. Si les Argentins se sont portés partie prenante, c'est que mon demi-frère est lié au clan Giotti. Il a épousé une demoiselle Giotti en deuxième noce. En qualité de « Chef », je lui laisse carte blanche pour la gestion et l'organisation du restaurant.

Fabrizio s'interrompit, poussa un soupir et haussa les épaules.

« Vous voyez, Alice, c'est une histoire de famille bien romantique et effroyablement triste ! Je viens de parler avec mon frère. Juan sera là pour la présentation des plans de rénovation à la presse et fera la promotion de la carte du restaurant. Début mai au plus tôt, fin mai au plus tard. Je pense au Palm Beach pour la conférence de presse...... D'ailleurs, j'aimerais que vous soyez mon invitée pour cet évènement... »

Crispée, Alice écoutait toujours. Elle se tenait bien droite. Elle ne comprenait pas pourquoi elle n'avait pas mis fin à cet entretien plus tôt. Après tout, elle n'était venue que pour régler une transaction ! Que lui importait l'avenir d'un restaurant de luxe ?

Les yeux de Fabrizio s'agrandirent comme s'il avait été frappé par une révélation.

« Et pourquoi ne lui serviriez-vous pas de guide, à mon Chef ? Il a besoin d'être coaché car c'est son premier séjour en Europe. Il parle sept langues, dont l'anglais et le français. Et vous ? Vous parlez aussi l'anglais, je suppose ? Tenez, voici sa carte de visite, réfléchissez à ma proposition... Je pourrais lui en toucher un mot ? Qu'en pensez-vous, Alice ? »

« Alice ? »

Alice fixa Fabrizio sans comprendre et ramassa machinalement le luxueux carton glacé qu'il venait de glisser dans sa direction d'un geste souple.

Elle était encore toute étourdie par la brutalité des révélations de l'homme d'affaires. Maintenant, les pièces du puzzle commençaient à s'emboîter. Le voile se levait sur le mystère de la photo en double page ... Le garçonnet qui courait sur le ponton n'était autre que le petit Juan et la jeune femme à la robe vaporeuse, sa mère Mathilde. L'été des retrouvailles, l'été du bonheur...

Alice se sentait mal. Quelque chose clochait...

Elle jeta un rapide coup d'œil à la carte de visite. A gauche, une photo en couleur montrait un homme qui ressemblait trait pour trait à Alessandro : même regard arrogant, même sourire décontracté, même fierté dans le maintien. Il posait sanglé dans une veste de cuisinier immaculée.

Juan Charles Gabriel de Casteljac - Chazan.

Alice fixa à nouveau le carton puis leva les yeux vers Fabrizio qui lui souriait amicalement. Elle rangea la carte de visite dans le dossier et voulut se lever pour prendre congé.

Comme une frêle embarcation malmenée par le courant, Alice sentit le sol tanguer sous ses pieds. Un épais nuage noir l'enveloppa.

Elle s'évanouit en poussant un faible gémissement.

Lorsqu'elle reprit conscience, elle était étendue sur le sofa du salon attenant au bureau de Fabrizio. Quelqu'un avait glissé un coussin sous sa tête. Fabrizio était penché au-dessus d'elle et Angelina lui tamponnait légèrement le front avec une serviette de coton imbibée d'eau froide.

Alice grimaça et fit un effort pour se redresser.

« Restez tranquille, Alice, reposez-vous ! Voulez que j'appelle un médecin ? »

Les yeux du bel italien, d'habitude rieurs, la dévisageaient avec inquiétude.

« Je dois partir car j'ai un rendez-vous à l'extérieur dans quinze minutes mais je vous confie aux bons soins Angelina. Prenez tout votre temps... Nous nous reverrons bientôt pour la signature chez le notaire. Prenez soin de vous, Alice. Je vous souhaite un joyeux Noël ! Allez, Bellissima, je vous laisse maintenant... »

Fabrizio ponctua son « Bellissima » d'un sourire éblouissant et quitta la pièce.

Alice referma les yeux et chercha son souffle. Une douleur ancienne se frayait un passage entre ses seins.

Angelina réitéra l'offre d'appeler un médecin mais Alice refusa poliment en secouant la tête. L'assistante comprit qu'Alice était bouleversée. Pourquoi ne pas prendre un peu de repos dans le salon jusqu'à la fermeture des bureaux ? Elle avait des tonnes de dossiers urgents à boucler et de toute façon, elle ne quittait jamais les lieux avant dix-huit heures...

Reconnaissante, Alice murmura un faible merci. Elle voulait dormir pour oublier.

Angelina lui apporta un verre d'eau avec un cachet d'aspirine puis referma doucement les lourdes portes du bureau de Fabrizio. Alice entendit le martèlement de ses talons aiguille sur le parquet en chêne et le téléphone sonner à plusieurs reprises. Vaincue par la fatigue, elle sombra à nouveau dans un trou noir.

Angelina la trouva deux heures plus tard, recroquevillée sur le canapé de cuir, tendue comme un arc, le front brûlant, les mains glacées, un coussin plaqué contre ses joues humides et marbrées de mascara.

Alice leva vers l'assistante un regard de petite fille apeurée et demanda l'heure. Il était tard. Angelina devait partir.

Avec douceur, l'assistante aida Alice à se relever, à enfiler son manteau et lui tendit son sac à main ainsi que le dossier de rachat.

Elles se quittèrent sur le parking.

Vidée, Alice jeta le dossier sur la banquette arrière et boucla sa ceinture, puis, comme une automate, elle enfila la Croisette et le boulevard Carnot pour gagner l'autoroute. A la veille des Fêtes, la circulation était infernale. Elle pénétra sur la bretelle de l'autoroute une bonne quarantaine de minutes plus tard.

Son corps lui faisait mal, sa vie lui faisait mal. Chaque particule de lumière émanant des phares des véhicules qui arrivaient par vagues à sa rencontre déchiraient ses yeux fragiles. La pluie envahissait un ciel noir d'encre.

Alice pleurait...

Elle pleurait si fort qu'elle dut s'arrêter en catastrophe sur l'aire de l'Estérel.

Le long du parking réservé aux poids lourds, elle se força à faire quelques pas. Le vent violent, cinglant, et la pluie glacée fouettaient son visage, malmenaient ses cheveux. La douleur que lui infligeaient ces mille aiguilles cruelles la libérait d'une souffrance inconnue et familière à la fois, qu'elle refusait de regarder en face, tant elle était insoutenable.

Oui, la pluie et le froid lui rendaient peu à peu l'énergie qui l'avait brutalement quittée dans le bureau de Fabrizio. Elle ne devait pas faiblir. Elle devait oublier !

Dans quelques jours, ce serait Noël, le temps des retrouvailles, l'odeur du sapin... Geoffroy et Laura, Sophie et Didier...

Sa vie était là ; elle n'était pas parfaite, mais c'était sa vie. Tout ce qu'elle connaissait par cœur.

Dans un moment de crise, Scarlett O'Hara, son héroïne préférée, avait eu cette phrase admirable :

« Je ne pleurerai pas ... pas maintenant ... je n'ai pas le temps. »

Alice ravala ses larmes et rejoignit sa voiture en pressant le pas. Elle fouilla dans la boite à gants et dans les poches de son manteau à la recherche d'un paquet de kleenex et sourit malgré elle.

Elle venait de comprendre la raison pour laquelle elle aimait tant Scarlett O'Hara. Elles avaient un point commun : Scarlett et elle n'avaient jamais de mouchoir sous la main dans les moments où elles en avaient le plus besoin !

Alice fit ronfler le moteur de sa voiture et démarra en trombe. Quand elle arriva à la Villa blanche, Didier était déjà rentré. Une faible lueur filtrait à travers les stores marron de son bureau. Le cœur et les yeux secs, Alice récupéra le dossier Gardelli, le déposa sur son secrétaire avant de se diriger vers la cuisine sombre et silencieuse afin de s'atteler à la préparation du repas du soir. Il était tard.

Trop tard.

Chapitre 9 - Colombine et Arlequin

25 décembre 2011 – 2 février 2012

Noël apporta son lot de vrais bonheurs et de cruelles déceptions.

Sophie, en mission humanitaire en Thaïlande bavarda quelques minutes avec ses parents sur Skype. Le matin de Noël, sous le sapin orné de nouvelles guirlandes rouges et or, on avait rassemblé comme à l'accoutumée tous les paquets-cadeaux. Cette année encore, Alice les avait tous gâtés. Didier n'aimait que les « choses utiles » et il avait été exaucé. Elle lui avait offert une brosse à dent électrique dernier cri et un pull en cachemire beige. Pour son fils, elle avait choisi une sublime chemise en popeline noire et un bon d'achat qui lui permettrait de compléter l'équipement de son studio lyonnais. Laura avait reçu un peu d'argent et une jolie montre.

Ses enfants l'avaient comblée. Geoffroy avait déniché pour sa mère un plateau en argent aux lignes épurées et Laura lui avait donné avec un gros câlin, un énorme flacon de Chanel N°5 qui l'avait certainement ruinée...

Tous deux avaient écrit une carte de vœux où ils exprimaient avec effusion leur amour et leur gratitude. Curieusement, Geoffroy formait aussi le souhait que leur famille « reste unie en cette nouvelle année ».

Cette phrase-là avait plongé Alice dans une grande perplexité. En quoi leur famille se trouvait-elle menacée ?

Alice constata avec amertume que son mari l'avait complètement oubliée ! Pas la moindre carte, le moindre bouquet ou humble présent comme une boite de truffes ou ces calissons, qu'elle aimait tant, ne venait lui rappeler qu'elle comptait à ses yeux !

Pour cacher sa déception et sa douleur, elle courut se réfugier dans la salle de bains. Malgré le maquillage et le soin apporté à sa coiffure et à sa tenue, dans le miroir qui la narguait, elle se trouva laide, vieille et inutile. Un violent sentiment de désespoir lui tordit les entrailles et une nausée l'envahit. Son cœur cognait avec violence dans sa poitrine et les larmes affluaient, libératrices...

Elle se fustigea.

Il fallait tenir, tenir encore, et coûte que coûte. Malgré et contre tout.

Elle se sentait comme une alpiniste en perdition, tétanisée, incapable de passer le toit qui se trouvait au-dessus de sa tête, prisonnière de ses propres sécurités, ligotée par ses harnais et ses cordages. Pendue au-dessus du vide, elle attendait un secours du ciel. Elle savait que si personne ne venait à son aide, elle finirait par décrocher.

Les jours qui suivirent ce Noël et la première semaine de la nouvelle année défilèrent comme dans un songe. Laura et Geoffroy reprirent le TGV, l'un pour Lyon, l'autre pour Londres, le lendemain du Jour de l'An. Des années plus tôt, Alice les aurait accompagnés jusqu'à leur voiture mais aujourd'hui, elle s'était contentée de les déposer devant la gare.

Elle ne voulait plus souffrir de leur départ !

L'engagement de Sophie dans son organisation, ses fréquents déplacements dans des zones à risques où le terrorisme sévissait par saccades mettaient les nerfs d'Alice à vif. Sa raison lui dictait qu'elle ne pouvait plus contrôler la vie de ses enfants, mais leurs bras, leurs rires et leur vitalité lui manquaient cruellement.

Une fois rentrée à la Villa blanche, Alice appela sans succès quelques vieilles connaissances. Déçue, elle décida de mettre un peu d'ordre dans ses papiers.

Le dossier de rachat Gardelli n'avait pas quitté son bureau.

Depuis qu'elle avait cédé à cette absurde vague de désespoir, le jour de Noël, elle n'avait pas touché son ordinateur. Elle haïssait les réseaux sociaux qui lui avaient fait croire qu'elle possédait des amis partout sur la planète !

Sa vie était en suspens.

Alice s'attendait à ce que Fabrizio donne signe de vie. Ce qu'il ne manqua pas de faire.

En parfait gentleman, il lui téléphona à son retour de New-York à la mi-janvier pour s'enquérir de sa santé et lui rappeler qu'elle devait s'attendre à une convocation devant notaire début février. Il s'était montré poli, charmant et n'avait fait aucune remarque déplacée, aucune allusion à Juan et à cette curieuse proposition de les mettre en contact. Elle espérait de toutes ses forces qu'il aurait complètement oublié cette idée saugrenue lors de leur prochaine rencontre.

Alice frissonna. La seule pensée de voir Juan paralysait son raisonnement.

C'était totalement impossible, inconcevable, insensé.

Alice avait toujours vécu, du moins le croyait-elle, dans une parfaite transparence avec Didier. Sa nature hypersensible et entière lui interdisait toute stratégie mensongère et tout faux-semblant. Mais le moment semblait venir, terrible, où elle se verrait dans l'obligation de feindre.

Ecœurant !

Un coup de sonnette la tira d'un mauvais rêve.

Alice alluma la lampe de chevet. Son réveil marquait dix heures vingt-cinq. Maudit somnifère ! Elle enfila sa robe de chambre en flanelle et descendit l'escalier à pas lents en grommelant dans son for intérieur.

« Voilà, voilà ! J'arrive ! »

Le facteur attendait patiemment devant la porte. Il lui remit l'enveloppe marquée du sceau de l'étude notariale. Didier et elle étaient convoqués par Maître Ariel Schwarz qui avait aussi géré la transaction de la Villa blanche.

Alice repensa au cent trente mille euros ; une bonne entrée d'argent en perspective... Mais la simple idée de revoir Fabrizio en présence de Didier la mettait mal à l'aise. Elle n'avait jamais parlé à son mari de l'épisode de « l'évanouissement ». Elle ne voulait pas lui mentir. Mais se taire, n'était-ce pas déjà une trahison ?

Alice se serait volontiers arraché la tête pour oublier ce pénible souvenir.

La grande enveloppe kraft rejoignit le dossier Gardelli et Alice quitta rapidement son bureau en verrouillant la porte à double tour.

Un funeste pressentiment l'habitait depuis quelques jours : elle était certaine que si elle retournait s'asseoir seule à ce bureau, même une petite heure, tout pourrait basculer et cela elle ne le voulait pas. Non, elle ne le voulait pas !

Elle devait à tout prix s'occuper l'esprit.

Elle balaya son garage, écuma les magasins à la recherche d'une nouvelle théière. Sur Amazon, elle se ruina en livres, romans sentimentaux et ouvrages de psychologie, qui allèrent s'empiler sur la table basse de son salon. Elle reprit ses promenades solitaires sur sa chère plage, poussant parfois par les sentiers du Sémaphore. Pour tromper son angoisse, elle dénicha un vieux livre de cuisine et essaya une multitude de recettes de tourtes rustiques, bien trop caloriques, ce qui amusa Didier quelques temps...

Le soir, elle gagnait rapidement sa chambre, enfouissant la tête sous sa couette cherchant un repos de l'âme qui la fuyait. Les nuits d'insomnie commencèrent. Et les cauchemars reprirent de plus belle.

Didier était inquiet.

Alice se refermait sur elle-même, elle délaissait sa maison, avait fermé son compte Facebook. Le soir, lorsqu'il poussait la porte, il constatait que leur demeure était plongée dans l'obscurité. Il trouvait Alice endormie sur leur lit ou affalée dans la bergère du salon, un roman sur les genoux, comme éteinte. Par moments, au contraire, son beau regard brillait d'une lueur sauvage, presque haineuse. Elle avait pleuré, il en était certain mais il n'osait pas s'aventurer sur les terres inconnues des émotions féminines.

Il ne savait pas. Il n'avait jamais su. Il avait peur.

Chapitre 10 - Deux petits drapeaux sur une veste blanche.

Le 2 février, date de la signature chez le notaire arriva.

A l'étude de Maître Schwarz, Alice éprouva un vif soulagement quand elle constata que Fabrizio avait dépêché un chargé d'affaires. L'homme leur remit un mot d'excuse : une urgence professionnelle retenait Fabrizio di Gardelli en Sardaigne. Ils recevraient, d'ici quelques jours, une invitation à dîner de sa part « pour remédier à ce contretemps et sceller agréablement leur accord ».

Di Gardelli avait tout fait dans les règles de l'art. Didier et elle apposèrent l'un après l'autre leurs signatures et leurs paraphes. Une trentaine de minutes plus tard, ils étaient libres.

Ils venaient de vendre un tiers de leur propriété pour cent trente mille euros !

Ils flânèrent dans le centre-ville. Soulagée, Alice entraîna Didier au « Poussin bleu ». En savourant un chocolat mousseux, elle songea à l'invitation de Fabrizio. Bah ! Elle aviserait en temps utile !

Didier, plongé dans la lecture du Figaro, arborait un air serein et satisfait. Tout pouvait rentrer dans l'ordre.

Mais rien ne changea. Tout empira.

Les jours suivants, les insomnies d'Alice s'aggravèrent. Didier, surchargé de travail voulait dormir. Un soir de trop, exaspéré par les soupirs et l'agitation de sa femme, il finit par la supplier un peu sèchement de quitter la chambre. En pleurs, Alice descendit à la cuisine pour avaler un verre d'eau avec un anxiolytique et remonta machinalement l'escalier.

Là, sur le palier, le cœur battant à tout rompre, elle fit ce qu'elle s'était interdit. Elle gagna son bureau et referma doucement la porte à clef derrière elle.

Elle avança la main vers le dossier Gardelli.

Le logo de la société composé de deux G inversés, entrelacés comme les deux C de Chanel, occupaient le centre de la couverture laquée blanche. En bas à droite, on pouvait lire en lettres italiques noires en relief, la devise centenaire du groupe : « *Gardelli - Bâtiment et engineering - Depuis 1886, une tradition d'excellence, une expertise technologique au service de vos projets immobiliers.* »

Alice ferma les yeux. Cela faisait maintenant exactement cinquante jours qu'elle se battait, qu'elle repoussait l'inéluctable.

Elle n'en pouvait plus !

D'un geste sec, elle ouvrit le dossier. La carte de visite était toujours à sa place.

Alice incrédule, relut le nom de l'homme qui, trente-neuf ans auparavant avait ravi son cœur d'adolescente.

Trente-neuf ans !

Alice se leva et se dirigea vers la commode. Avec délicatesse, elle saisit le coffret et ouvrit le fermoir qui ne résista pas. A l'intérieur, compressées à l'extrême, se trouvaient les lettres de Juan.

Toutes ses lettres. Cent vingt et une au juste.

La première datait du printemps 1973. D'autres avaient suivi chaque mois d'abord, puis environ tous les dix jours. Elles étaient toutes là.

Les cartes postales, les cartes d'anniversaire et de vœux, les poèmes, les dessins et les photos, oui ses photos à lui... Il y a bien longtemps, elles avaient quitté une vieille boite à chaussures fatiguée pour reposer en paix dans cet écrin précieux. Alice venait de se fiancer à Didier. Elle s'était jurée de ne plus jamais ouvrir ce coffret par respect pour lui.

Aujourd'hui, elle avait transgressé son vœu.

Elle retira avec peine toutes les enveloppes. Serrées entre ses doigts tremblants, elles jaillirent tout à coup avec une force diabolique et se répandirent sur le sol.

Les discrets effluves d'un parfum masculin, son parfum, une fragrance chaude et sensuelle, musquée, lui chatouillèrent les narines. Alice s'agenouilla sur le sol et ramassa les lettres une à une, les pressant maladroitement contre son cœur.

Son écriture. L'encre bleu nuit n'avait pas perdu sa couleur. Un liseré bleu et blanc. L'Argentine. Sa jeunesse. Elle avait quinze ans et demi quand tout avait commencé. Lui, venait de fêter ses seize ans.

Alessandro et Mathilde, Alice et Juan.

Alice récupéra au fond du coffret l'enveloppe rigide qui contenait les photos.

Juan à seize ans, en bermuda, debout face à l'océan démonté, au sommet d'une dune, le nez au vent. Juan à dix-sept ans, en camping avec un ami. Juan debout, posant jambes écartées comme son père, près d'un palmier dans un jardin exotique, avec ce sourire désinvolte aux lèvres...... Juan accroupi, un doigt au sol, dans une rue poussiéreuse d'une bourgade lors d'un raid en Patagonie. Juan devant l'entrée fleurie d'hortensias de l'immeuble de l'avenue Mendoza à Buenos Aires. Juan, toujours lui, dans le salon familial, calé dans un fauteuil Voltaire grenat. Fière, invincible, triomphant.

Quand elle avait reçu sa première lettre de la main de son professeur d'espagnol, Madame Serfati, Juan Charles de Casteljac-Chazan n'était censé représenter qu'un partenaire cultivé avec lequel elle échangerait quelques missives jusqu'à son bac... Mais au cours de l'été, l'amour les avait surpris. Éblouis. Un amour ardent, tendre et passionné. Une force irrésistible les avaient poussés l'un vers l'autre par-delà le vaste océan. Malgré la barrière de la langue, elle n'avait eu de cesse, elle, la petite Alice, « su dulce francesita », comme il la surnommait, de lui redire son amour. Par de menus présents, des fleurs séchées, des bouts de friandises collés maladroitement sur le papier-avion.

Oui, lui aussi l'avait désirée violemment, l'avait séduite, comme ensorcelée...

Elle tenait entre ses mains affolées cinq années de sa vie.

Mais demain, elle devrait affronter la réalité. Il allait bientôt habiter l'Ile rouge et deviendrait « de facto » son plus proche voisin.

Pour se préparer à l'inéluctable, Alice devait choisir une ligne de conduite sans faille. Elle devait se protéger. Pareille à un capitaine de navire voyant venir l'ennemi de loin, elle utiliserait toutes les armes et toutes les techniques de navigation adéquates pour se prémunir contre LUI. L'ignorance n'était pas de mise dans cette guerre. Elle devait étudier l'objet à distance.

Déterminée, Alice replaça les courriers dans le coffret et rangea ce dernier dans la commode mais elle dissimula l'enveloppe contenant les photos au fond de son grand sac à main. Ensuite, elle alluma son ordinateur.

La carte de visite mentionnait un site internet : « gustoporlavida_almanecer_ny.com ».

Comme en apnée, Alice tapa l'adresse. Ce qu'elle vit et lu sur la page d'accueil de Juan la surprit et la bouleversa.

Il avait choisi la même photographie que celle de sa carte de visite. On distinguait sur le cliché la double rangée de boutons qui fermait la veste immaculée et sur la manche gauche, deux petits drapeaux brodés l'un sous l'autre, celui de l'Argentine et celui de la France. Juan avait forci, prit quelques rides et ses tempes s'étaient argentées. Mais il émanait toujours de lui une force, une assurance virile et une séduction stupéfiante. Dans la colonne de droite, un texte encadré en rouge, sa couleur préférée, faisait l'éloge de la vie, de l'amour et de la gastronomie. Il écrivait dans un espagnol fluide en longues envolées lyriques ponctuées d'exclamations et de lettres capitales.

Alice survola l'article. Juan parlait de sa passion pour la cuisine, de son pays, de Dieu et de son désir de donner du plaisir aux gens. Quelques vidéos présentaient les recettes-phares de son restaurant new-yorkais.

Il suffirait d'un seul clic...

Alice referma brutalement son portable. Elle était submergée d'émotions contradictoires.

Une seule fois, peu avant Noël 76, il l'avait appelée depuis l'Argentine pour lui annoncer que Gustave de Casteljac avait reçu la lettre du père d'Alice dans laquelle il consentait à un rapprochement entre les deux jeunes gens... La communication était mauvaise et avant qu'elle ne se brouille totalement, il lui avait crié qu'il l'aimerait toujours et l'attendrait... Ensuite, ils avaient continué à s'écrire mais ne s'étaient jamais reparlé au téléphone.

Non, elle n'était pas prête. Demain peut-être, elle puiserait le courage d'affronter les ombres du passé pour mieux se défendre d'un avenir incertain.

On lui avait toujours répété que son destin était entre ses mains. Ce soir, elle avait l'impression d'avoir été flouée.

Elle referma sa robe de chambre et s'allongea sur le sofa étroit. Elle rêva d'Alessandro et de Mathilde, qui s'étreignaient debout sur le ponton de la Villa Gardénia.

Chapitre 11 - L'étau

Le Dramont, 12/13 février 2012

Alice et Didier avaient reçu le carton d'invitation à dîner à l'en-tête des Gardelli. Fabrizio avait tenu parole.

Alice ne comprenait pas les raisons qui avaient poussé l'Italien à dévoiler une partie de sa vie privée, ni pourquoi il tenait tant à ce dîner. Certes, sa nature généreuse y était pour quelque chose... Alice savait que la ressemblance de Fabrizio avec Alessandro et Juan avait pesé dans la balance. Inconsciemment, l'homme d'affaires avait exercé sur elle une fascination dès leur première rencontre. Elle appréhendait le moment où ils se reverraient car pour la première fois de son existence, elle sentait qu'elle ne pourrait pas jouer franc-jeu sans se perdre.

Fabrizio lui avait proposé de servir de « guide » à son demi-frère et à moins qu'il ne se ravise, elle ne voyait pas comment elle allait se tirer de ce guêpier. Elle n'avait aucune objection à lui opposer. Si elle acceptait, elle serait forcée de contacter Juan dans les prochains jours !

Insupportable! Merveilleux! Inconcevable!

Si dangereux!

« I can't think about that right now. If I do, I'll go crazy. I'll think about that tomorrow.[1] »

Alice ne put s'empêcher de sourire en songeant à Scarlett et à son drôle de caractère passionné...

En tout cas, Fabrizio ne s'était pas moqué d'eux !

Il les avait conviés dans un temple de la Gastronomie étoilée, la « Villa Archange », une bastide sur les hauteurs du Cannet.

Alice songea qu'elle n'avait rien de décent à se mettre. Demain, elle irait à Saint-Raphaël pour faire les boutiques. Pour se donner du courage, elle décrocha le téléphone et appela Lisa. Elle lui donna rendez-vous à la Brasserie de l'Hôtel Excelsior pour un déjeuner léger qui serait suivi d'un après-midi shopping.

Alice raccrocha le combiné en poussant un soupir de soulagement : demain, au moins, elle ne serait pas seule.

Elle déposa le carton d'invitation bien en vue près de l'ordinateur de son mari. Par ce geste, elle essayait en vain de conjurer le sort.

A la Brasserie de l'Excelsior, Alice s'installa à une table proche de la baie vitrée. Elle étira son dos et héla le serveur pour commander une eau minérale. Épuisée, elle ferma les yeux et quand elle les rouvrit, elle aperçut son amie Lisa debout devant elle qui lui souriait. Alice lui rendit son sourire et se leva pour la serrer dans ses bras, mais en prenant place, Lisa lut dans le regard myosotis une tension inhabituelle.

Alice commanda une sole meunière et Lisa une brochette d'espadon.

Les deux femmes ne s'étaient pas revues depuis que Lisa s'était déplacée à la Villa blanche pour livrer le triptyque. Elles bavardèrent de choses et d'autres jusqu' à l'arrivée de leurs plats respectifs.

Lisa observait le visage d'Alice : ces yeux rougis, ces traits tirés... Elle pressentait qu'un évènement grave venait de se produire et elle n'eut pas à patienter longtemps pour en savoir plus. Lâchant brutalement ses couverts en argent, Alice se baissa pour prendre un objet dans son sac. Elle repoussa son assiette et dispersa avec fébrilité le contenu d'une enveloppe fripée sur un coin de la table.

Ensuite, elle éclata en sanglots.

Lisa ne l'avait jamais vue dans un tel état !

Sur la nappe blanche s'étalaient pêle-mêle une bonne vingtaine de photographies en couleur, aux formats variés. Les photos d'un séduisant jeune homme aux cheveux noirs et au sourire magnétique.

Alice sentit la main de son amie se poser doucement sur la sienne et la première vague de sanglots s'apaisa. Lisa lui tendit un kleenex. Alice se moucha bruyamment. Après avoir terminé son verre d'eau, elle entama son récit.

Une heure plus tard, quand Lisa quitta la Brasserie au bras de son amie, elle savait tout des amours contrariés de Mathilde et d'Alessandro, tout sur la malheureuse passion sans avenir qui avait lié Alice et Juan, trente-neuf ans plus tôt. Alice avait aussi évoqué le dilemme auquel elle serait confrontée lors du dîner à la Villa Archange qui se profilait le soir-même.

Lisa comprit qu'Alice pouvait basculer dans l'irréparable et adressa une prière muette à Dieu. Elle savait par expérience que seule une main puissante pourrait protéger son amie de ses propres démons.

Vêtue d'une robe en soie grise vaporeuse qui flottait autour de ses hanches et chaussée d'escarpins argentés vertigineux, Alice s'avança au bras de son mari, d'une démarche légère et assurée, vers la table où Fabrizio les attendait.

Au cours des deux jours qui avaient précédé le dîner, elle avait rejoué la scène tant de fois, elle avait imaginé tant de scénarios, tant de réponses aux questions que Fabrizio ne manquerait pas de lui poser, sur sa santé... sur la stupide requête de collaboration qu'il avait formulé dans son bureau de Cannes, deux mois plus tôt....

Elle savait déjà qu'elle allait accepter son offre même si elle était terrifiée.

Oui ! Elle contacterait ce "demi-frère tombé du ciel », l'accueillerait et l'aiderait de son mieux... Mais elle s'était jurée de taire, du moins dans un premier temps, les liens qui les avaient unis.

« J'y réfléchirai plus tard » se dit-elle.

Ce soir, elle faisait son entrée dans cette magnifique demeure, en femme remplie d'assurance, forte et avisée. Elle saurait donner le change. Le masque était bien à sa place...

Personne ne remarqua le léger tremblement qui la parcourait quand elle serra la main de Fabrizio.

Après les échanges de politesses, Alice se replia prudemment dans une réserve de bon aloi. La mine gourmande, elle se concentra sur les saveurs exquises et fondantes de son Capuccino de grenouilles et de palourdes, puisant aussi un réconfort immodéré dans le vin choisi pour elle, un somptueux Chablis à la robe jaune d'or, puissant et d'une grande finesse. Ce breuvage des dieux, aux arômes complexes, mêlant la douceur de l'amande, du miel et du tilleul à la chaleur épicée de la cannelle libéra bien vite une onde sensuelle dans tout son corps.

Elle observait Didier et Fabrizio, tout à leur conversation.

Les deux hommes abordèrent les sujets qui les passionnaient, la crise immobilière, le devenir de la région Provence-Côte d'Azur et Fabrizio fournit quelques informations sur l'avancée du projet. Dans deux semaines, les travaux de défrichage et d'accès au port allaient commencer. Dieu merci, afin d'écourter la durée du chantier, il avait réussi à engager deux équipes qui se relaieraient. Il pensait que l'aménagement du port pouvait être achevé dans un délai de deux mois. Juan débarquerait sans doute début avril.

En se tournant vers Alice, Fabrizio inclina la tête et lui posa la question tant redoutée : se sentait-elle d'attaque pour piloter son frère ?

Si elle acceptait, tous ses frais seraient pris en charge par le Groupe. Juan était quelqu'un d'exigeant. Fabrizio ne doutait pas qu'Alice saurait lui montrer tous les avantages et les splendeurs de la Côte. Son demi-frère logerait dans un duplex, au sein d'une résidence que le Groupe venait de bâtir, sur les hauteurs de Boulouris. Matilda, occupée par un chantier en Toscane, n'aurait pas le temps de gérer l'aménagement de l'appartement. Pouvait-elle se charger de trouver une décoratrice et de superviser les détails ? Choisir quelques meubles avant l'arrivée de Juan ? Oh, il paierait pour ce service...

Alice écarquilla les yeux sous l'effet de la surprise. Elle n'en demandait pas tant !

L'étau se resserrait.

D'une voix blanche, où Didier seul perçut une ombre d'hésitation, elle donna la réponse qu'elle avait tant redoutée et souhaitée.

Oui, elle servirait de guide à Juan... Oui, elle pouvait lui rendre ce service. D'ailleurs, dès demain, elle lui adresserait un mail afin de « se présenter » et ils pourraient ainsi commencer à organiser son séjour, à distance.

Elle était vidée, soulagée, terrorisée... Folle de joie.

Le serveur déposa devant elle, d'un geste vif et élégant, une assiette de coquilles Saint Jacques aux truffes. Les saveurs puissantes des larges et fins copeaux d'or brun explosèrent sous sa langue. Elle ferma les yeux toute à son plaisir. Mais les larmes perlaient sous ses paupières closes.

Les dés étaient jetés.

« Excusez-moi, je vais me rafraîchir un instant ! »

Dans les toilettes du restaurant, écartelée entre angoisse et désir,

Alice Schneider pria pour la deuxième fois de sa vie.

Le retour tardif à la Villa blanche se déroula dans le silence.

Didier avait aimé cette soirée. Fabrizio et lui étaient sur la même longueur d'onde. Didier appréciait la sincérité et l'enthousiasme de l'homme d'affaires. Tout en conduisant, il jeta un regard en biais à Alice qui faisait mine de dormir, le visage tourné vers la vitre. Il trouvait sa femme bizarre : ces brusques sauts d'humeur, cette indifférence, ce repli puis cette soudaine exaltation lorsque Fabrizio avait évoqué l'arrivée de ce Juan. Didier voyait d'un fort mauvais œil qu'Alice serve de guide à cet inconnu mais il ne se sentait pas le courage de lui donner son avis. Après tout, elle était libre : il lui faisait une confiance aveugle depuis toujours.

Alice gagna la salle de bains et au moment de rejoindre la chambre à coucher, elle se ravisa brusquement. Minuit trente. Elle fit un rapide calcul : à New-York, il n'était que dix-huit heures !

Il fallait qu'elle desserre l'étau, qu'elle envoie ce fichu mail !

Sur la pointe des pieds, comme une voleuse, elle pénétra dans son bureau. Le cœur battant, elle ouvrit son ordinateur, mais au lieu de taper l'adresse professionnelle de Juan, elle le chercha sur Facebook et cliqua sur l'icône « laisser un message ». Elle ne tremblait pas, elle ne doutait plus. Elle ne ressentait rien. Elle ferait face.

Alice relut le court message de dix lignes.

« Si tu es Juan, si ton père s'appelle bien Gustave de Casteljac, si tu te souviens de moi, Alice, ta petite Française et SEULEMENT SI TU LE SOUHAITES, réponds à mon message. Je suis en contact avec ton demi-frère Fabrizio, à qui j'ai vendu début février, une partie de ma propriété pour les travaux d'accès à l'Ile rouge. Le destin nous met de nouveau face à face. Fabrizio m'a proposé de te piloter dans la région, de décorer et de meubler ton appartement à la place de ta demi-soeur qui est retenue en Italie. Mais rien n'est obligatoire. Si tu ne veux pas me voir, fais-le moi savoir et trouve un prétexte pour te passer de moi. Je pense que ton frère comprendra. A bientôt peut-être.

Alice, « tu dulce francesita. » [2]

C'était sincère, maladroit, un peu puérile.

Le feu aux joues, les mains glacées, Alice relut, comme une sage écolière, son texte pour la troisième fois. Après tout, que risquait-elle ?

Elle tombait de fatigue. On était le treize février. Il était une heure du matin. Tout cela n'avait que trop duré. Elle appuya d'un coup sec sur la touche « envoyer » et referma l'ordinateur. Puis, elle rejoignit, apaisée, le lit conjugal.

UNE SI LONGUE ATTENTE

Chapitre 12 - Les ondes du désir

Le Dramont, 14 février 2012

Alice s'étira et enfouit son visage dans la moiteur de son oreiller.

Le jour filtrait au travers des stores et annonçait une météo lumineuse pour la mi-février. Après sa douche, elle descendit se préparer un café et s'installa au salon. Le soleil n'avait pas encore franchi la barrière de l'Estérel et l'Ile rouge émergeait à peine des flots gris. En portant le nectar parfumé à ses lèvres, Alice songea à Juan. A New-York, il était deux heures du matin. Avait-il lu son message ?

Ses réflexions furent interrompues par la sonnerie du téléphone.

C'était Lisa. Elle s'inquiétait pour son amie... Comment s'était passé leur dîner avec Fabrizio ? Avait-elle pris une décision ?

Sur la défensive, Alice répondit brièvement à ses questions et écourta la conversation. Elle n'avait aucune envie de se justifier ! Après tout, elle était libre de faire ce qu'elle voulait et ce n'était pas les discours moralisateurs de Lisa qui allaient changer quoi que ce soit.

A fleur de peau, Alice composa le numéro du centre de thalassothérapie et confirma sa réservation pour l'après-midi. Quelques massages et un enveloppement d'algues viendraient-ils à bout de cette tension insupportable qu'elle sentait de nouveau monter en elle ?

Pour chasser les ombres du passé, Alice entreprit de faire le ménage dans sa cuisine et dans les deux salles de bain. Vider tous les placards, nettoyer les meubles et ranger leur contenu occupèrent sa matinée.

A onze heures et demie, elle sortit sa Mini Austin et partit à vive allure en direction de Port-Fréjus.

Au restaurant *l'Ensouleia*, devant une assiette de fruits de mer, Alice pensait à Didier. A cet homme, courageux mais fragile, qui avait été son compagnon de route durant trente-deux ans. Un homme qu'elle avait aimé et choisi mais qui semblait s'être évanoui dans la nature depuis des lustres, happé par son travail... Un homme dont la personnalité, pourtant attachante, avait été comme étouffée par une mélancolie dont elle n'avait jamais découvert la source.

Elle avait échoué lamentablement, se dit-elle. Elle était incapable de rendre cet homme heureux et elle ignorait la raison de ce naufrage. Elle n'avait jamais trouvé de remède pour aider Didier. En trente ans, il était resté le même. Fidèle, sérieux, prévisible, oui tellement prévisible...

Alice songea à toutes ces femmes divorcées, veuves ou délaissées, qui trouvaient leur pauvre joie dans les insignifiants plaisirs de la vie : une promenade solitaire, un animal de compagnie, un tour au Casino ou une assiette de coquillages... Femelles pitoyables, flétries, solitaires, aigries.

Elle ne voulait pas finir comme elles !

Dégoûtée, elle repoussa son assiette et se dirigea vers le bar où elle commanda un cognac.

Sous la caresse brûlante d'une pluie d'eau marine et livrée aux mains expertes de sa masseuse préférée, Alice se détendit un peu. Dans l'obscurité salutaire de la cabine, tandis que les boues verdâtres et gluantes échauffaient ses sens, le souvenir de Juan affleura, comme une évidence, libérant au creux de son ventre une onde sauvage de joie et de plaisir.

Elle l'accueillit dans un soupir.

Ce soir-là, Didier et elle dînèrent en silence.

Alice, qui aimait éveiller les papilles de son mari en concoctant de bons petits plats, s'était contentée de préparer une salade verte et une omelette au parmesan. De toute façon, Didier se satisfaisait de peu. C'est elle qui se compliquait la vie pour lui faire plaisir ! Il mangeait toujours à toute allure sauf quand ils avaient des invités !

Ce soir, elle ne voyait plus pourquoi elle avait fait tant d'efforts pendant toutes ces années !

La dernière bouchée d'omelette avalée, Didier se leva

brusquement, repoussa sa chaise sous la table et quitta la pièce en grommelant « je suis fatigué, je vais me coucher ». Il avait pris cette habitude depuis quelques mois et Alice supportait ses désertions avec fatalisme.

Elle regarda son assiette. Les larmes lui montèrent aux yeux.

Aujourd'hui, c'était la Saint-Valentin !

Son cœur se serra. Elle mit la vaisselle sale dans l'évier et gagna son bureau.

« Alice. Rien n'arrive par hasard ! Lorsque j'ai trouvé ton message, j'ai été d'abord surpris mais aussi très content d'avoir de tes nouvelles après tant d'années. Fabrizio m'avait parlé d'une Française, Mme Schneider, qui lui avait vendu un bout de terrain pour permettre l'aménagement du port. Et c'était toi, PETITE FRANCESITA ! J'ai vu sur ton profil que tu es mariée. Es-tu au moins heureuse ? Je te donne mon émail personnel. JCGdeCasteljac@hotmail.com. Ecris-moi vite pour me dire comment tu vas. A bientôt. Juan. »

Le texte avait été rédigé dans un français correct. Alice et Juan avaient toujours correspondu dans la langue espagnole. Mais Juan recopiait parfois des poèmes et des chansons d'amour en français qu'il agrémentait de dessins bigarrés. Il aimait par-dessus tout Aragon...

« Aimer à perdre la raison

Aimer à n'en savoir que dire

A n'avoir que toi d'horizon

Et ne connaître de saisons

Que par la douleur du partir

Aimer à perdre la raison... »

Alice prit une violente inspiration. Elle répondit sur le champ un message succinct, insipide, qui ne lui ressemblait pas :

« Juan, merci de ta réponse. Ici, dans ce Sud que j'adore, je suis heureuse. On parlera de ton installation sur la Côte plus tard. Je suis contente de voir que tu vas bien. A bientôt, Alice. »

Elle avait la curieuse sensation qu'une partie d'elle-même était absente. La femme qui écrivait ses lignes sans saveur, était-ce Alice ? Ou l'ombre d'Alice ? Agacée, elle referma son portable. Elle se coucha sur le divan et tira le plaid jusqu'à son menton pour trouver un peu de réconfort. Les yeux grands ouverts dans le noir, elle se récita en boucle à voix basse le poème d'Aragon. Il lui manquait une strophe...

Vers trois heures du matin, elle prit un somnifère et glissa dans un sommeil de plomb.

Elle se réveilla la bouche sèche, la tête en vrac. Le réveil marquait onze heures. Elle descendit se préparer un café. Le soleil allumait un incendie sur les rochers. Indifférente, Alice remonta à son bureau, sa tasse de porcelaine à la main. Sa boite émail marquait un nouveau message accompagné d'une pièce jointe.

Juan !

« Ma chère Alice, Hier comme c'était la Saint-Valentin, j'ai fait un poème pour toi. Accepte-le s'il te plait ! C'est mon cadeau pour toi, querida mia[3], en l'honneur de nos retrouvailles. Chau.[4] »

Un seul clic et votre vie peut basculer.

Si Alice avait su, elle aurait jeté le message à la corbeille mais elle avait soif. Soif d'amour et de rédemption. Soif de se sentir vivante. Soif de beauté, de couchers de soleil romantiques, d'affleurements sur son âme.

Elle avait faim d'amour, d'un amour extravagant !

Comme les grands malades qui ont trop longtemps été nourris par perfusion, elle aspirait de toutes les fibres de son être à réapprendre le goût de la vie et des choses.

Le poème apparut devant ses yeux incrédules.

Chapitre 13 - Le filtre d'amour

e Dramont, 15 février 2012

Il l'avait écrit en espagnol. Sa langue. "La langue du cœur" comme il disait... Leur langue. Elle aussi en avait aimé les accents rocailleux et sauvages qui s'accordaient si bien à leur passion adolescente.

Quand tout avait été fini, elle s'était mise à la détester, cette langue, pour ne pas le détester lui.

« Solo *DIOS pudo escribir este amor puro y INOLVIDABLE...* »

Seul DIEU pouvait écrire cet amour pur et inoubliable...

Elle poussa un cri de rage.

Le chagrin contenu la moitié d'une vie creva subitement.

Un ours s'était emparé de son corps et se jouait d'elle déchirant l'enveloppe de son cœur. Allait-elle mourir là ?

Dieu ? Qu'il soit maudit ! Il lui avait pris le meilleur de sa jeunesse !

Un matin d'avril 1978, sans une larme, après trois mois d'attente, elle avait dit adieu à Juan, avait fermé la porte de son cœur et bridé ses entrailles. Et aujourd'hui, l'amertume des regrets envahissait son être tout entier, lui brûlait la gorge.

Jamais, non jamais, même au décès de son père, elle n'avait connu pareille folie.

D'instinct, elle se recula pour ne pas frapper de ses poings serrés ce clavier de malheur. Et se laissant glisser à terre, elle s'allongea à plat ventre, noyée sous le flot de douleur. Les griffes de la bête ne la laissaient pas tranquille.

Elle cria encore. Des « pourquoi » à n'en plus finir. Pourquoi avait-il écrit cela ? Pourquoi l'avait-elle perdu ?

Et après les cris vinrent les sanglots, intarissables. Et après les pleurs, les gémissements...

Des heures.

Enfin, les ténèbres se refermèrent sur elle, l'engloutissant dans un monde de sortilèges, de sorcières et de filtres d'amour maléfiques et puants.

Quand Alice ouvrit les yeux, elle se tenait toujours allongée sur le sol. Ses larmes avaient laissé une auréole grisâtre sur la moquette beige. Avec quoi enlevait-on les taches de larmes ? C'était bien une question idiote ! Il était déjà dix-sept heures !

Dans la salle de bain, Alice examina son visage ravagé. Mécaniquement, elle s'aspergea le visage d'eau glacée. Longtemps. Elle se maquilla en utilisant un vieux fond de teint improbable et un mascara bien épais. Ses yeux étaient gonflés, ses lèvres craquelées et le souffle lui manquait. Elle allait se mettre au lit et quand Didier rentrerait, elle lui dirait qu'elle avait attrapé la grippe !

Pour gagner du temps, elle était prête à endosser tous les rôles.

Une nausée la secoua. Elle se prépara une camomille et gagna sa chambre.

Tenir, un jour de plus.

Elle se sentait comme une naufragée, recroquevillée sur une planche de fortune, attendant d'être secourue.

La scène du film « *Titanic* », où Rose, horrifiée, regardait Jack s'évanouir dans les profondeurs glacées s'imposa à son esprit.

Mais lui, Juan, n'avait pas sombré dans la fureur de la guerre ! Il était là, de l'autre côté du vaste océan, vivant, vaillant, meurtri sans doute mais libre, et à sa manière, au travers de ce poème, il lui signifiait, que tout pouvait recommencer... Peut-être.

Didier referma doucement la porte de leur chambre. Il s'était penché pour embrasser sa femme sur la joue et lui avait proposé de lui monter un bol de soupe. Elle avait répondu « ce n'est pas la peine » d'une voix rocailleuse et assourdie et avait remonté la couette sur sa tête avec violence pour lui signifier que la discussion était close, qu'elle voulait rester seule.

Préoccupé, Didier se rendit à la cuisine et réchauffa une brique de velouté aux asperges. Lui non plus n'avait pas très faim. Il déposa quand même un plateau sur la table de nuit d'Alice avant de regagner son bureau.

Il resta un long moment immobile dans le noir, réfléchissant à leur avenir. Mu par une pulsion incompréhensible, il alluma sa lampe Tiffany, se leva et se mis à la recherche de la Bible que Daniel lui avait offerte. Le livre violet était posé sur une étagère. Didier l'ouvrit et pointa un verset au hasard. Sous le halo de lumière à l'emplacement de son index, le texte lapidaire, comme un coup de vent brutal et inattendu de pleine mer, renversa ses doutes et ses réserves.

« Que t'importe, toi ! Suis-moi !».

Il n'avait rien à perdre. Il murmura « Qu'il en soit ainsi ! » et passa la nuit à lire les Évangiles.

Chapitre 14 - Juan

Juan avait envoyé un nouveau message sans attendre la réponse d'Alice. Impulsif, passionné, excessif... C'est ainsi qu'elle l'avait aimé.

C'était une très longue lettre de quatre pages, rédigée en anglais, où il lui expliquait en termes parfois confus, les raisons de leur rupture.

Après Noël 77, il avait regagné l'Académie navale pour entamer sa deuxième année d'étude. Le trimestre s'était écoulé sans qu'il reçoive la moindre nouvelle de France. Les autorités de l'École interdisaient toute correspondance avec ce pays rempli de « communistes ». La France, démocratie décadente, n'était pas en odeur de sainteté auprès de la junte militaire.

Lorsqu'il interrogeait sa mère, celle-ci lui répondait qu'elle ne savait pas. Non, il n'avait rien reçu. Lors des très brèves et sèches conversations avec son père, il n'osait plus mentionner le nom d'Alice car la seule évocation de « la Française » mettait Gustave dans une rage froide. Il avait longuement hésité, pesant le « pour et le contre » et finalement, par orgueil, par crainte et surtout par négligence, il avait renoncé à elle. Bêtement. Il savait maintenant que c'était une erreur mais à l'époque, il se sentait impuissant et isolé. Oui, la vie réservait parfois bien des surprises ! Trois mois plus tard, il avait épousé une jeune fille de bonne famille, cultivée, catholique, parfaite... Neuf mois après son fils premier-né était venu au monde alors qu'il se trouvait en manœuvres à des centaines de kilomètres de son foyer. Un foyer, si on pouvait parler ainsi ! Car Eleonor et le bébé vivaient chez ses parents, dans l'appartement de l'avenida Mendoza...

Sa femme, Dieu merci, prenait soin de Mathilde dont la santé déclinait. Sa mère était atteinte d'une forme aiguë de la maladie d'Alzheimer. A chaque permission, il la trouvait amaigrie, son beau visage de madone ravagé et cela le crucifiait. Son père s'était retranché dans son bureau, lui refusant son soutien. Inexplicable et révoltant ! Mathilde était morte de chagrin. A cinquante-neuf ans, elle s'était éteinte dans les bras de son fils unique avec le nom d'un inconnu sur les lèvres : Alessandro.

Après l'enterrement, son père l'avait convoqué dans son bureau. D'une main tremblante, le regard fuyant, il lui avait tendu un paquet d'enveloppes, toutes rebrodées de tricolore, exhalant le parfum de sa petite Française, ce parfum qui avait enfiévré ses nuits d'adolescent. Gustave avait marmonné de vagues excuses et avait signifié à son fils que l'entretien était terminé. Oui, comme dans les romans sentimentaux à deux sous, un père aigri, vaniteux et rancunier avait accompli l'impensable.

Juan avait quitté le bureau en serrant les poings, dissimulant, sous une cuirasse d'orgueil, la haine et la colère que lui avait toujours inspiré ce père intraitable et mesquin. Il avait pleuré en secret sur les lettres fanées de son rêve perdu et tourné le dos à ce passé sans avenir. La vie avait repris son cours. L'année suivante, il avait commencé sa carrière d'officier, fait un deuxième enfant à sa femme.

En Argentine, la situation était alarmante, la dictature aux abois se radicalisait, l'inflation galopait. Lui ne voulait rien savoir. L'armée lui avait tout pris, même son libre-arbitre, même sa lucidité. Mais à l'époque, il l'ignorait. Quand les rumeurs de guerre avec les Anglais s'étaient précisées, il avait été presque soulagé de savoir qu'il partait se battre.

La flotte avait accosté aux Iles Malouines la veille de son vingt cinquième anniversaire, le 2 avril 1982. Ils avaient mouillé dans une crique aux eaux sales et entrepris la conquête de ces pauvres îlots battus par les vents. Il avait connu le froid, la faim, l'emprisonnement, la torture et la honte. Il avait frôlé la mort deux fois et quelques semaines après la reddition, comme tant d'autres soldats déboussolés, amers et orphelins de leur idéal, il avait tenté de se donner la mort. Mais les Parques[5] en avaient décidé autrement...

Alice interrompit sa lecture. Son cœur battait à tout rompre. Des bouts de son passé lui revenaient. Chaque souvenir roulait sur son âme et déposait son limon de regrets amers.

Quand Juan avait changé ses plans sous la pression de son père et renoncé à devenir médecin pour embrasser une prestigieuse carrière d'officier de marine, elle avait compris que leur destin en serait chamboulé. En 1976, il avait rejoint les cadets de l'École supérieure de la Plata. Dans une longue missive, il lui avait expliqué que ses études dureraient cinq ans, exigeraient des sacrifices. Il voulait l'avoir auprès de lui, elle, sa dolce Francesita, mais si elle venait le rejoindre, ils devraient accepter de vivre souvent séparés. Elle, chez ses parents à Buenos Aires, lui dans sa caserne. Il allait l'épouser et faire d'elle la plus heureuse des femmes. Le jour viendrait où il pourrait caresser son corps et la faire sienne pour toujours. Elle y croyait. Elle était prête à tout. Prête à abandonner ses études, à franchir les océans, mais l'argent lui manquait. Le père d'Alice écrivit aux parents de Juan pour dire qu'il acceptait de laisser partir sa fille pendant trois mois, l'été suivant, mais Jeanne Morizet, la mère d'Alice, s'obstinait dans son refus. Le coup d'état militaire avait brisé leurs rêves. La détérioration des relations diplomatiques et l'établissement de la censure provoquèrent un espacement de leur correspondance. En 1977, Alice ne recevait plus qu'une lettre tous les deux mois. Juan se montrait courageux mais les serments enflammés, les mots d'amour ne réussissaient pas à masquer le désespoir qu'elle sentait sourdre en lui. Il parlait d'exercices et de manœuvres pendant les mois d'été 77. Même si elle réussissait par miracle à partir là-bas, que ferait-elle seule en Argentine s'il était absent ? Alice venait de terminer sa licence d'Histoire. Elle dépendait financièrement de ses parents. Son père s'était progressivement rangé à l'avis de sa mère et quand l'année se termina, Alice comprit que le séjour tant espéré n'aurait jamais lieu. Elle adressa plusieurs courriers à Juan qui à son désespoir, restèrent sans réponse. A bout de ressources, en février 78, elle lui envoya une longue lettre où elle lui redisait son amour. Ce fut la dernière. Alice attendit trois mois puis se résigna. Elle tira définitivement un trait sur l'Argentine, prit la langue espagnole en horreur. Elle ne pleura pas. Elle se contenta de ranger sagement les lettres et les photos dans une vieille boite à chaussures et elle oublia Juan. Un an et demi plus tard, elle se fiançait avec Didier.

Printemps 82. Elle se souvenait du flash spécial sur l'écran de télévision, de la musique lancinante et du visage fermé de « la Dame de fer », Margaret Thatcher, annonçant le début des hostilités avec l'Argentine. Alice avait frémi et élevé une prière païenne pour Juan, une brève supplique du style « Mon Dieu, protégez-le ! ». Certaine d'avoir été entendue, elle avait éteint le poste et avait chassé une seconde fois Juan de sa vie... Quand la nouvelle de la défaite des Argentins lui était parvenue soixante-douze jours plus tard, elle l'avait accueillie avec indifférence. Elle était devenue insensible. Elle s'était elle-même immunisée contre la peur.

Au fil des ans, l'image de Juan s'était peu à peu racornie, figée, dissoute...

Ensuite, tout s'était enchaîné très vite : les enfants, le travail, deux déménagements, leur arrivée au Dramont, la mort de son père. Jusqu'au jour où les Gardelli avaient fait irruption dans sa vie. Jusqu'à l'après-midi, où elle s'était évanouie de stupeur et de joie dans le bureau de Fabrizio.

Oui, Juan avait souffert. Aujourd'hui, il criait haut et fort, en lettres capitales, peut-être un peu trop fort d'ailleurs, qu'il aimait la vie. Il avait survécu et bien vécu. Des rêves plein la tête.

Après sa convalescence, le régime s'était effondré et il avait démissionné de l'armée. Il s'était installé en Terre de Feu, avait appris l'italien et le portugais, commencé une carrière de guide touristique à Ushuaïa. Il y avait toujours de riches touristes, en mal de sensations fortes, qui se sentaient capables d'arpenter les régions les plus désolées du globe à condition d'être bien accompagnés. Il avait divorcé de sa première épouse qui détestait ces terres inhospitalières et la modeste maison en bois qu'il avait construite de ses propres mains au flanc de la colline dominant la baie. Quelques années plus tard, il avait épousé une de ses clientes, la superbe Carla Giotti, héritière d'un puissant consortium. Pour lui plaire, il avait plié bagage et déménagé à Cordoba. Son beau-père lui avait proposé un poste de relations publiques et il avait travaillé dur pour le groupe. Puis dégoûté de ce pays qui s'enfonçait de nouveau, après une accalmie, dans la crise économique, il avait choisi de s'exiler aux Etats-Unis et débarqué à New-York en 1999, quelques jours avant Noël. Il pensait travailler au développement de la branche hôtellerie du groupe Giotti mais il s'était découvert au fil des ans une passion pour la cuisine. Pour se former, il s'était inscrit au *French Culinary Institute*, avait confié les affaires du groupe à sa femme qui s'était révélée bien meilleure gestionnaire que lui. Il avait acheté un restaurant sur Canal Street, qu'il avait aménagé et baptisé « l'Almanezer ».[6] Il avait trimé jour et nuit pendant huit longues années, revisitant les grands classiques de la cuisine latino-américaine et française. Finalement le succès et la reconnaissance de la profession avaient été au rendez-vous. Mais, dans la bataille, il avait perdu Carla. Aujourd'hui, ses fils et ses deux grandes filles, Alicia et Daniela menaient leur vie. Belinda, la petite dernière, qui venait de fêter ses treize ans vivait à Boston avec sa mère. Il la voyait régulièrement, l'invitait dans son restaurant les jours de fermeture, lui faisait goûter ses sauces... Il était heureux. Il vivait seul depuis cinq ans. Seul mais libre !

Le message se terminait brutalement par une phrase qu'il avait rédigée en français en grosses lettres italiques.

Juan ne laissait rien au hasard quand il écrivait. Il avait la passion des mots... Il en usait, en abusait avec une arrogance non feinte, mu par une sincérité infantile où perçait parfois l'ombre du désespoir.

Il avait changé sans doute... Mais si peu.

Ces mots-là, brûlants comme les flammèches qui embrasent les pinèdes du midi au cœur de l'été, dansaient devant les yeux d'Alice, allumant dans son âme un incendie inexorable.

« Mi Francesita, j'ai vu tes photos sur ton profil Facebook ; tu n'as pas changé ! Tu es la femme magnifique que J'AI AIMÉE PASSIONNEMENT. Ecris-moi vite et dis-moi comment va ta vie. UN BESO DE JUAN.»

Chapitre 15 - Ensorcelée

Le Dramont, Mars 2012

Tout allait vite. Beaucoup trop vite.

Matin après matin, Juan inondait la boite d'Alice de photos et de messages ambigus.

Il lui avait donné l'autorisation de contacter un décorateur et de choisir l'ameublement de son duplex de Boulouris. Il aimait l'Asie, les lits futon, les lignes épurées et le thé.

Avait-elle déjà fait l'amour sur un futon ?

Puis venait les questions encore plus gênantes qu'elle éludait avec peine *: était-elle heureuse ?*

Un autre jour, il lui avait écrit : *une femme, c'est comme une coupe de cristal, elle devait être choyée et traitée avec délicatesse ! Comment son mari la traitait-il ? Aimait-elle l'amour ?*

Alice ne comprenait pas son insistance ; elle y voyait une marque de son arrogance, un désir de la provoquer. Il était resté le même, jouisseur, impénitent... irrésistible.

Les flèches empoisonnées firent peu à peu leur effet. Un matin, Alice se réveilla avec la conviction qu'elle devait la vérité à Juan.

Elle écrivit longuement, lui parlant de sa rencontre avec Didier, de la jalousie de sa mère à elle qui leur avait mené la vie dure pendant les premières années de leur mariage, de son travail, de sa vie de petite bourgeoise rangée, de son mari qui la délaissait, de son chagrin depuis la mort de son père et de ce sentiment de désespérance qu'elle subissait depuis Noël dernier... Oui, l'homme qu'elle avait épousé la négligeait...

Comme pour se prémunir de la culpabilité, elle avait aussi

mentionné que Didier n'était pas un mauvais homme, qu'il avait été un « bon père » pour ses trois enfants et qu'il avait pourvu fidèlement à tous leurs besoins.

« Cela ne compte pas, QUERIDA. Tu as besoin d'un homme, d'un VRAI, qui te prenne en main... Ja, ja, ja ! »

La réponse de Juan l'avait agacée ; elle avait l'impression qu'il la perçait à jour......

L'invitation arriva le matin suivant.

« Ma petite amie, Je vois au travers de ta dernière lettre à quel point tu es malheureuse... Tu as besoin de repos. Viens à New-York. RIEN ne te retient chez toi. Nous préparerons mon arrivée ensemble, je te montrerai la ville. Nous nous promènerons à Central Park main dans la main. Je te ferai goûter ma cuisine. Tu verras, tu aimeras ça... Rassure-toi, ma belle, je te traiterai en parfait gentleman que je suis... Ja, ja, ja ! »

Il pouvait bien rire de son émoi !

En colère, Alice referma le courriel. Que croyait-il ? Qu'elle allait le rejoindre en courant, comme une chienne en chaleur ? Quitter sa vie et son mari pour une escapade sans lendemain ?

La nuit suivante, Alice ne ferma pas l'œil. Allongée sur le sofa de son bureau, elle pesa le pour et le contre. Juan l'avait blessée au coeur, lui renvoyant l'image de sa propre faillite conjugale. Son amour pour Didier était mort. Elle en avait soupé de son indifférence, de sa tristesse mélancolique, de sa « ternitude », un mot qu'elle venait d'inventer, qui en disait long, songea-t-elle avec un sourire mauvais.

Une rage froide s'insinuait dans ses veines. Elle s'assoupit au matin, les poings serrés. Quand elle s'éveilla, tout son corps la torturait. Dans un élan de désespoir, elle écrivit :

« Juan, délivre-moi de ma vie ! Je suis malade. J'ai mal. J'arrive. Dans une semaine environ. Je te donnerai la date plus tard. Besos[7]. Ton Alice ».

Elle prit son passeport et remplit le questionnaire des services de l'immigration des USA. En milieu d'après-midi, lorsqu'elle ouvrit son ordinateur pour acheter son vol, elle tomba sur la réponse de Juan.

« Alice, je t'aime. »

Chapitre 16 - Suenos d'amor

Le Dramont, 15 mars 2012

« Y yo que hasta ayer solo fuí un holgazán Y hoy soy guardian de sus sueños de amor, La quiero a morir... » [8]

La voix rauque de Shakira imprimait à la chanson de Cabrel une dimension charnelle qui la bouleversait. Juan avait choisi cette chanson d'amour car il savait qu'elle ne pourrait pas résister. Le message était clair : il la voulait.

Et elle aussi le désirait. Plus que tout.

Elle parlerait à Didier le soir même.

Le dîner s'éternisait dans un silence qui les oppressait.

Didier n'osait même plus lever les yeux de peur de croiser le regard tranchant comme une lame de couteau. Ce regard dont la pureté l'avait séduit trente-trois ans plus tôt. Un regard qui s'était métamorphosé ces jours derniers. Moins franc, chargé d'orage...

Alice redoutait le moment de vérité qui allait suivre, la torture qu'elle allait infliger à son mari au nom d'une certaine « authenticité ». Mais son instinct lui disait que sa chance était auprès de l'homme de sa jeunesse, le seul qui avait su faire battre son cœur à la folie.

Alice imaginait déjà leur rencontre à l'aéroport JFK. Juan lui donnerait un baiser sur la joue et prendrait sa valise ; ils traverseraient le hall et gagneraient le parking. Et là, au détour d'une allée, sous la lumière d'un néon criard, Juan la presserait contre lui... Il lui donnerait un baiser qui lui emporterait la bouche...

Sous le halo jaunâtre de la liseuse, sur ce canapé trop confortable où il passait si peu de temps à se détendre, Didier, tétanisé, écoutait les mots qui sortaient de la bouche rose d'Alice. Alice la prêtresse. Alice qui prophétisait leur malheur... Il ne comprenait rien.

Elle disait sa lassitude, sa solitude et parfois sa voix se perchait, se cassait sous l'effet de l'émotion. Elle parlait de deuxième chance, de liberté, de projets où lui, Didier, n'avait plus de place. Elle lui raconta l'histoire de la Villa Gardénia. Elle évoqua combien elle avait été bouleversée de ce coup du destin. Oui, elle avait aimé Juan. Ils s'étaient jurés un amour éternel et maintenant le « ciel » le lui rendait. Elle n'attendait plus rien de Didier. Elle ne voulait ni de son absolution, ni de ses solutions, mais seulement qu'il lui rende sa liberté.

Elle s'envolerait dans trois jours pour New-York.

Juan et elle regagneraient ensemble Saint-Raphaël milieu avril et à ce moment-là, elle aviserait. Il était encore trop tôt pour prendre des décisions. Un simple séjour d'un mois... Elle avait de quoi vivre et n'exigeait rien qu'un peu de compréhension.

« Un peu d'air par pitié ! » avait-elle soupiré en levant les yeux au ciel.

Demain, elle ferait sa valise et prendrait une chambre à l'Auberge provençale. Oh ! Il ne fallait pas qu'il s'inquiète ! Elle laisserait la maison en ordre, des plats cuisinés dans le congélateur, des crèmes-dessert dans le frigo... Et les factures du mois payées. Elle avait appelé le jardinier pour qu'il vienne tailler quelques arbres.

D'un ton agressif, elle avait fini son réquisitoire en lui rappelant qu'elle avait toujours été une bonne épouse mais que ce temps-là était révolu. Car elle était aussi une femme, et s'il l'avait oublié depuis longtemps, ce n'était bien évidemment pas sa faute à elle !

Elle s'était levée et sans un regard, sans un geste de compassion, avait quitté le salon.

Didier referma doucement la porte de son bureau.

Son antre. Sa caverne. Loin d'elle.

Le lieu de toutes ses luttes, de ses incertitudes, de ses plus grandes défaites. Le lieu où les tentations de la chair avaient passé sur son âme et sur son corps avachi, où les images trafiquées et le pauvre plaisir qu'il en tirait l'avaient réduit en esclavage, anesthésiant sans bruit tout désir pour la femme qui avait partagé son lit depuis trois décennies... La seule qu'il ait jamais connue et aimée.

Il haïssait cet écran où les créatures venimeuses lui infligeaient le supplice de Tantale. Il haïssait l'homme qu'il était devenu : triste, vain, épais, stérile.

Dans un geste de désespoir et de reddition, les bras en croix, Didier se pencha et posa le front sur son bureau. Sa nuque raidie le faisait souffrir... mais la fraîcheur du bois blond le réconforta.

Il ferma les yeux et demanda pardon.

A Dieu, à Alice, à la Vie.

Alice s'allongea sur le lit dans la chambre d'amis. Le soir dégringolait et le temps semblait se dissoudre.

Elle avait pris la décision de quitter la Villa blanche pour quelques jours pour ne pas risquer d'exploser. Le calme résigné dont Didier avait fait preuve devant elle lui fendait le cœur et la révoltait tout à la fois. En montant se coucher, elle avait cru entendre des sanglots !

A Dieu lui plaise ! Elle, pour sa part, en avait fini avec les mensonges !

A l'Auberge provençale, la chambre minuscule où elle avait trouvé refuge donnait sur un terrain planté d'eucalyptus, au soleil couchant. Au calme.

Alice avait besoin de rassembler ses esprits. Elle avait dit oui à Juan et s'apprêtait à rejoindre un homme dont elle ne savait rien. Un homme qu'elle n'avait jamais rencontré, jamais touché... Un « amant de papier » qui faisait vibrer son corps et avait réveillé son désir de vivre.

A l'aube, le besoin de lui la prit à l'improviste. Elle écrivit en anglais un message assez court où elle lui confirmait sa venue, où elle l'assurait de son désir et de sa confiance. Elle lui communiquerait l'heure d'arrivée de l'avion bientôt. « *Il viendrait la chercher, n'est-ce pas ?* »

La veille, elle avait fait son devoir d'épouse : rempli le congélateur, changé les draps du lit conjugal et confirmé le jardinier. Elle avait fait un saut à Saint-Raphaël pour s'acheter un sac-cabine rouge et noir où elle avait rassemblé le stricte nécessaire : un pyjama, sa trousse de toilette, son maquillage et quelques vêtements de rechange. Pour ne pas croiser Didier, elle prévoyait de retourner chez elle en milieu d'après-midi pour préparer sa valise.

Elle prit son petit déjeuner dans la salle à manger exiguë et regagna sa chambre. Le temps s'écoulait au compte-gouttes. Elle songea à ses enfants : à l'étonnement et à la peine qu'ils allaient ressentir. Elle ne savait pas encore ce qu'elle leur raconterait, si elle se justifierait et pourrait contenir la rage qu'elle ressentait envers leur père. Elle ne voulait pas les blesser mais en fuyant en Amérique pour rejoindre un inconnu, elle savait qu'elle leur porterait un coup fatal.

Alice pensa aux efforts qu'elle avait faits pour gagner leur confiance d'adultes, à l'amour qu'elle leur portait depuis toujours, qui lui avait permis d'endurer l'abandon émotionnel et la solitude. Elle était parfaitement consciente de détruire sa maison de ses propres mains mais Juan avait allumé un feu qui ne s'éteindrait pas.

Il lui avait fait boire un vin épicé qui l'avait enivrée.

« Mi dulce francesita. Ton arrivée est une belle surprise pour moi ! Mais, mon cœur... SI TU ENVISAGES de quitter ton mari, venir me rejoindre maintenant ne me semble pas très sage. Il risque de te faire des ennuis plus tard. Il vaut mieux patienter... Je te conseille de rester calme, de t'occuper de tes affaires et d'attendre mon arrivée début avril. Alors, nous déciderons de ce que nous ferons ensemble. J'ai beaucoup de choses à régler avant mon départ pour la France : une nouvelle équipe à recruter et à briefer, je dois aussi faire mes adieux à mes filles et surtout à Belinda, organiser un « Garage sale »[9] pour me débarrasser de certains meubles et trouver un locataire pour ma maison. Tu vois donc que je n'aurai pas le temps de m'occuper de toi, baby.

Prends patience, ma princesse, bientôt nous nous verrons. Ton chevalier, Juan qui t'aime et te désire comme au premier jour. »

Alice cligna des yeux. Non, il ne fallait pas pleurer ! Il fallait endurer !

C'était le lot des femmes fidèles et le sort des femmes « adultères », de ces maîtresses qui attendaient leur heure. Juan avait sans doute raison. Il fallait qu'elle se calme ! Elle avait confiance en lui : il agissait avec sang-froid, au mieux de leurs intérêts.

Elle songea à Mathilde qui avait rejoint Alessandro sur un coup de tête et aux évènements dramatiques qui s'étaient déroulés sur l'Ile rouge à la fin de l'été 59.

Elle n'était pas Mathilde ! Elle voulait sortir de son mariage avec dignité, comme une actrice qui a tenu son rôle à la perfection et qui fait ses adieux à la scène en penchant noblement la tête.

Elle ne voulait pas d'une liaison à la sauvette.

Alice répondit à Juan qu'elle comprenait et elle lui demanda son numéro de téléphone. Il lui envoya aussitôt par sms. Mais une heure plus tard, Alice reçut de sa part un message en anglais qui l'alarma.

« My dear Alice, if you want to call, you can call. Feel free, but I warn you, I don't like the phone. Blessings. » [10]

Alice composa le long numéro et raccrocha au dernier moment, la mort dans l'âme. Si Juan ne voulait pas qu'elle l'appelle, elle devait se soumettre. Surtout, ne pas l'irriter. Surtout ne pas le perdre. Elle songea à Mathilde, morte pour ne plus se souvenir. Il fallait attendre et espérer.

Mais, pourquoi donc refusait-il de lui parler au téléphone ?

Épuisée, elle se coucha sous la couette et ferma les yeux. Derrière ses paupières, elle voyait danser les mots d'amour en lettres de feu. « Mi Princessa, querida mia, mon cœur, ma petite Française... »

Rien d'autre ne comptait.

Le matin suivant, Alice prit la décision de retourner chez elle. Après tout, elle devait organiser sa nouvelle vie. Elle s'efforça de rassembler ses esprits et réfléchit au programme de la semaine qui s'annonçait.

Elle devait joindre Fabrizio pour lui donner des nouvelles de l'avancement des travaux dans l'appartement de Boulouris.

La décoratrice qu'elle avait engagée avait accompli un excellent travail. L'intérieur était à l'image de ce que Juan appréciait. Les peintures étaient achevées, la cuisine laquée noire posée. On avait livré la majorité des meubles: un futon, deux fauteuils, un canapé et une immense table basse à la japonaise. Elle avait envie de mettre sa touche personnelle et de surprendre Juan par de jolis détails : un lampadaire, des coussins ornés d'idéogrammes chinois, un tapis moelleux, quelques miroirs et un peu de matériel de cuisine.

Pour gérer tout cela, elle devait retourner à la Villa blanche. Et tant pis pour Didier !

Alice déposa son sac cabine dans le hall et se rendit directement dans son bureau. Elle brancha son ordinateur.

C'était comme une drogue !

« Ma princesse chérie, j'arrive BIENTÔT. Tu es ma plus belle surprise. J'ai hâte de te serrer dans mes bras, de sentir ton cœur battre, comme une colombe effarouchée, contre le mien. Attends-moi, calme-toi, tout arrive en son temps. Tu sais que je suis ton chevalier, mon cœur. Je t'envoie un baiser passionné. S'il te plait, envoie-moi les photos du duplex et achète-moi une sauteuse et une casserole en cuivre. TE DESEO. [11]Juan »

Une onde d'excitation la secoua. Le temps s'arrêtait. Alice s'arracha à son clavier. Juan l'avait ensorcelée.

Comment aurait-elle pu se battre contre cette sensualité brutale et insidieuse. Livrées à la convoitise, sa chair et son imagination se soumettaient à son bon vouloir. Ah ! Comme il avait été habile !

Chapitre 17 - Décisions

Alice téléphona à Fabrizio qui fut ravi d'apprendre que l'aménagement du duplex prenait bonne tournure. Il lui rappela que plusieurs comptes étaient ouverts dans différents magasins de Cannes et qu'il lui donnait carte blanche ; il la remercia aussi pour son travail. Un instant, Alice se demanda si elle devait lui parler de la véritable nature de ses relations avec Juan mais elle se ravisa.

Après tout, même si Juan l'avait de façon subtile encouragée à quitter son mari, il n'avait fait jusqu'à ce jour aucune promesse concrète !

Elle s'installa dans la chambre d'amis. Il était inutile de laisser Didier se faire des illusions. La seule pensée des mains de son mari effleurant son corps lui était insupportable.

L'étrange cohabitation débuta.

Didier rentrait tard du travail après avoir dîné à l'extérieur. Le plus souvent, il se levait aux aurores. Le soir, Alice emportait un plateau repas, s'enfermait dans son bureau et ne redescendait à la cuisine que vers neuf heures pour se préparer sa tasse de café matinal.

Elle dormait peu, chipotait dans son assiette.

En s'examinant dans le miroir de l'entrée, elle avait constaté que sa silhouette commençait à s'affiner : sa taille était plus marquée, la courbure de ses reins plus gracieuse, l'éclat de ses yeux plus vif.

Dans son dernier message, Juan avait laissé entendre qu'il serait ravi de l'accueillir à la Villa Gardénia.

« J'ai des projets d'aménagement personnels dont je dois discuter avec Fabrizio. Deux des trois serres consacrées dans le

passé à la culture des gardénias, seront transformées en patios. J'y ferai installer des fontaines zen, planter des fleurs exotiques. Je les meublerai de sofas moelleux, où nous ferons, toi et moi, toutes sortes de choses délicieuses une fois les clients partis... Ja ! ja ! ja ! Des tables basses partout et de jolies lampes. L'après-midi, et en soirée, on dansera le tango et la salsa. Oui, j'ai envie de serrer ton corps contre le mien. Je te ferai sentir combien je te désire. Tu seras ma muse, mon inspiration. Nous ferons ensemble de l'Ile rouge un PARADIS pour amoureux. Tu verras, je donnerai une réception pour te présenter à mes clients. Ne serais-tu pas fière de porter mon nom ? Alice Morizet de Casteljac-Chazan ? Cela sonne merveilleusement bien n'est-ce pas ? Qu'en penses-tu, querida ? »

Alice se concentra sur les dernières lignes. Elle réalisa que sa vie venait de basculer. Cette promesse était son aveu. Elle avait gagné. Il la ferait sienne. Elle se donnerait à lui corps et âme et il serait son pygmalion, son univers.

Il lui enseignerait la danse de l'amour.

Le lendemain, Alice prit rendez-vous avec son banquier et trois jours plus tard, elle avait transféré soixante-cinq mille euros sur son compte personnel. L'argent du terrain partagé en deux. Elle contacta aussi une agence immobilière pour trouver une location temporaire. Elle mettait Didier devant le fait accompli. Elle verrait bien s'il aurait le courage de protester !

Alice pénétra dans le bureau de Didier pour récupérer des papiers personnels. La Bible violette, entrouverte, était posée près de son ordinateur. Certains passages étaient coloriés...

Didier retombait-il en enfance ?

Elle haussa les épaules mais sa curiosité fut la plus forte. Elle se pencha et ses yeux s'arrêtèrent sur un des versets que son mari avait souligné maladroitement au feutre vermillon. « *Si quelqu'un est uni au Christ, il est une nouvelle créature, toutes choses sont passées, voici toutes choses sont devenues nouvelles.* » [12]

Quel charabia !

Toutes choses sont devenues nouvelles...

En une fraction de seconde, elle se revit à Fleurie, dans le jardin de ses parents, tourbillonnant dans sa robe de mariée, le matin de ses noces...

Bien sûr, elle avait aimé Didier. Envers et contre sa mère, elle l'avait choisi et elle avait espéré un bonheur, une fusion qui ne s'était jamais opérée. Dans ses bras, elle n'avait jamais connu que doute et ennui.

Une vague de colère la submergea. Le livre tournoya en l'air et s'écrasa contre le mur avec un bruit sinistre. Une photo qui servait de marque-page s'envola et vint mourir à ses pieds.

Alice la ramassa.

Le cliché avait été pris par une touriste américaine à la terrasse du café « le Poussin bleu » pendant l'été 90, lors de leurs premières vacances en famille à Saint-Raphaël. Geoffroy affichait un sourire en coin, Sophie riait aux éclats et sa Laura, qui avait trois ans, se tenait bien sage, assise sur les genoux de son père, son petit menton barbouillé de glace au chocolat. Alice penchait la tête d'un air attendri. Didier qui n'avait jamais su sourire sur les photographies, semblait serein et détendu, presque heureux.

Honteuse de son geste, Alice récupéra le livre, rangea la photo au hasard entre les pages et replaça la Bible grande ouverte sur le bureau. Par miracle, elle n'était pas abîmée.

Le passé ne reviendrait pas.

Elle *leur* avait consacré le meilleur de sa vie. Elle ne regrettait rien mais son cœur ne leur appartenait plus totalement.

Pour se donner du courage, Alice s'installa au salon et vida le contenu de son coffret à lettres sur le tapis.

Elle relut quelques lettres de Juan, les mots tendres, passionnés et vibrants qui avaient capturé son cœur de jeune fille. Elle piocha au hasard dans le tas de cartes postales. Elle pleura doucement sur leurs initiales entremêlées et sur un dessin du Petit Prince qu'il lui avait offert pour sa fête.

Si elle perdait Juan une seconde fois, elle mourrait...

Ce soir-là, elle lui écrivit un long message ardent et l'accompagna d'une photo qu'elle avait choisie avec soin. Un portrait en pied que Didier avait pris d'elle à contrecœur - car il détestait la photographier - sur une plage d'Hammamet, cinq ans auparavant. Le tissu trop fin de la blouse de coton bleu pâle largement échancrée révélait la courbe de ses seins, des seins ronds, épanouis et encore fermes, des seins, songea-t-elle avec amertume, que personne n'avait jamais caressés avec passion.

Elle n'avait qu'un but ce soir-là : attiser le désir de Juan. Le rendre fou.

Son heure était venue.

« *L'amour est enfant de bohème*
Il n'a jamais, jamais connu de lois
Si tu ne m'aimes pas je t'aime !
Si je t'aime, prends garde à toi !
Si tu ne m'aimes pas
Si tu ne m'aimes pas, je t'aime !
Mais si je t'aime, si je t'aime[13],
　　Prends garde à toi ! »

Les joues en feu, elle appuya sur la touche « envoyer ». Sans l'ombre d'un remord. Une jouissance inconnue monta en elle et lui fit pousser des cris qu'elle étouffa entre ses doigts tremblants.

Quand elle fut calmée, elle consulta son agenda pour compter comme une prisonnière dans son cachot, les jours qui la séparait de sa libération.

Vingt-deux mars. Encore treize jours. Une éternité.

C'était le 22 mars... Et elle venait d'oublier l'anniversaire de son fils !

Alice décrocha le combiné mais tomba sur le répondeur. Elle lui souhaita un joyeux anniversaire d'une voix enjouée qui sonnait faux. Bourrelée de remords, elle monta le son de la chaîne stéréo.

Les premières mesures de «*Madame Butterfly*»[14] s'égrènent et la voix de la Callas, bouleversante...

« *Tu pleures, pourquoi ? La foi te manque ! Écoute : un beau jour, nous verrons la fumée se lever aux confins de la mer, et puis le navire apparaît. Regarde donc, il arrive. Il arrive. Je n'ose pas aller à sa rencontre. Mais non, je reste là, au bord de la colline et j'attends longtemps. Cette attente ne semble pas longue.* »

Ma petite femme au doux parfum de vanille... Mi dulce Francesita... Alice de Casteljac-Chazan... Alice a rejoint le pays des rêves. Elle Le voit, elle Le sent. Il est en elle.

Chapitre 18 - Un jour, mon Prince...

Il lui reste douze jours pour que tout soit parfait !

Rien ne saurait être trop beau pour cet homme dont elle guette la moindre ligne, la moindre réflexion, dont elle attend tout.

Le soir, elle tombe de sommeil mais s'installe malgré tout devant son écran, en vaillant petit soldat.

Elle attend. Elle attend le signal, la cascade de notes aigrelettes qui lui annoncent qu'il vient de se connecter. Il est plus de minuit. Il lui a dit qu'il rentrait du travail autour de seize heures et ne s'accordait qu'une courte pause avant de retourner au restaurant où il supervise le service du soir.

« *Alice, maintenant, je ne travaille plus comme un fou, j'ai un second, Emilio, qui me remplace et qui est très compétent. C'est pour cette raison que je suis disponible pour toi, mon ange. Parfois, je me sens fatigué... »*

« *Alice, je ne suis plus celui que tu as connu, ne te fais pas d'illusions ! La guerre m'a meurtri. Ma colonne vertébrale est une catastrophe, j'ai subi six opérations en vingt ans. Il faut que tu le saches. »*

« *Alice, il est 17 h, je viens de prendre une douche. J'aimerais que tu sois là tout contre moi... »*

« *Alice, pourquoi t'habilles-tu comme ça ? On dirait que tu as peur de la vie, ma petite Française ! Par pitié, quitte ces habits de duchesse ! Tu as l'air bien coincée... Je te VEUX vivante et insouciante, libre, ma petite fleur de jasmin. Fais-moi plaisir, demain va faire des courses... Et tu seras vraiment MON Alice. »*

Et Alice dit « Oui ». Oui à tout.

Elle court les boutiques. Elle a jeté en boule ses vieux habits dans des sacs poubelles et les a rangés dans son garage ; elle est partie piller les magasins à Cannes, a dépensé de manière insensée. Ses jupes raccourcissent, ses corsages s'échancrent, elle achète des Louboutin aux talons interminables. Des rouge-sang, la couleur préférée de Juan. A la limite de la vulgarité. Rouges comme la passion qui la dévore. Pour la première fois de sa vie, elle s'est offert des sous-vêtements en soie et des nuisettes dans lesquelles elle se sent vraiment belle. Enfin !

Elle a vingt ans.

L'appartement qu'elle vient de visiter se trouve dans une résidence de construction récente, à environ trois kilomètre de son domicile. Elle a tout de suite été séduite par cet immense studio lumineux agencé avec goût. Elle se sent à l'aise dans la cuisine équipée dernier cri, où elle dévoilera à Juan ses multiples talents de cuisinière... Il la serrera contre lui, elle le repoussera un peu pour la forme, il l'embrassera sur les lèvres. Après avoir goûté ses sauces à elle, il fera la grimace, ou la félicitera peut-être. Puis, il l'entraînera, avec son grand rire, sur l'immense canapé lit, au milieu des coussins de satin. Là, il la pliera à ses fantaisies...

De la terrasse arborée, on peut apercevoir la piscine privée. Et Alice continue son rêve éveillé : Juan et elle, enlacés, leurs âmes et leurs souffles mêlés, scellés au sein d'une eau calme et tiède.

« Madame ? Madame ? »

M. Garcin, le gérant de l'agence immobilière se penche par-dessus son bureau et lui lance un regard interrogatif où se mêle un soupçon d'irritation.

Au moment d'apposer sa signature sur le bail, Alice, blanche comme un linge, a suspendu son stylo. Elle voudrait crier qu'il y a erreur sur la personne. Elle ne devrait pas signer Alice Schneider ! C'est une imposture. Alice Schneider n'existe plus. Durant quelques secondes, la peur la paralyse mais le désir qui la tenaille depuis des semaines est le plus fort. Depuis quelques jours, il la soumet à tous ses caprices.

Alice et Didier ne se sont plus adressé la parole depuis un mois. Ils vivent comme des étrangers. Ils communiquent grâce à des post-it multicolores dont ils tapissent le frigo et le miroir de l'entrée.

Didier s'échappe dès le vendredi soir de son bureau de Cannes et court se réfugier chez Lisa et Daniel. Le couple lui a ouvert leur cœur et leur bastide. Une heure cinquante de route...C'est peu pour avoir la paix pendant tout le week-end ! Il lui a fallu plus d'une semaine pour commencer à regarder en face la désertion de sa femme. Alice a pris quelques livres dans leur bibliothèque, récupéré la machine à expresso flambant neuve. La garce ! Et embarqué deux flûtes de champagne.

Du champagne !

Didier imagine sa femme lovée contre le grand corps de ce crétin de Juan. Il hait cet homme autant qu'il le méprise.

Ce lundi-là, à son retour du travail, Didier s'était retrouvé nez à nez avec la traîtresse dans l'allée devant leur propriété. Elle avait commencé son déménagement par petits bouts, n'emportant que des bricoles, des trucs de femme... Une lampe de chevet, un vase en cristal, un coussin en soie... Deux jours avant, il était tombé sur un post-it griffonné d'une main nerveuse.

« Je m'installe dans le coin, pour le *reste* je ne sais pas encore !!! ».

Elle avait souligné le mot « reste » de trois traits vengeurs.

Le reste : soit à n'en pas douter, trente-deux années de vie commune, trois enfants et des souvenirs à la pelle... Les nuits blanches quand Geoffroy avait fait ses premières otites, les découverts à la banque, les vacances à la plage, les combats épiques avec la belle-mère pour préserver leur couple et leur dignité.

Le reste, c'était ce qui « restait » aurait dit La Palisse. Lorsqu'on avait arrêté les comptes... Des plus et des moins à la fin d'une colonne, un solde négatif... Apparemment.

Didier ignorait s'il devait se battre ou renoncer.

Il pensa à Daniel et à Lisa, à leur Bastide et aux restanques où les oliviers se perdaient dans la lumière. Aux troncs solides et aux délicates feuilles grises et argentées. Il savait que la réponse viendrait et qu'il trouverait la force de poursuivre son chemin quoiqu'il lui en coûte.

Après le déluge, la colombe était revenue se poser sur la main de Noé. Alice était une colombe, pure, sans tache... Elle lui reviendrait amenant avec elle la promesse d'une vie nouvelle.

Ce lundi-là, l'air était doux. Une soirée de printemps ordinaire. Il ne distinguait pas son visage car elle était penchée à l'intérieur de sa Mini. Ses cheveux lui tombaient dans les yeux. Son jean taille basse laissait entrevoir le creux de ses reins. Elle était plus mince, plus excitante : un fruit juteux qui lui était désormais défendu.

Il avait détourné les yeux pour ne pas pleurer. Pathétique !

Elle s'évertuait de caser deux énormes valises et jurait comme un charretier. Il s'était approché dans l'intention de lui prêter main forte mais s'était ravisé in extremis.

Ce qu'il avait vu dans son regard lorsqu'elle s'était brusquement retournée l'avait fait reculer. La femme qu'il aimait s'était métamorphosée en louve affamée ; ses yeux s'étaient rétrécis pour ne plus former que deux fentes lumineuses, terribles.

Il ne pouvait pas lutter contre les maléfices. Il ne pouvait qu'attendre, se taire et implorer l'aide du Très-haut.

Chapitre 19 - En apnée

Résidence du cap, le Dramont, 1ᵉʳ avril 2012 – Nice, 3 avril 2012

«Ma petite fleur de jasmin. Les photos de l'appartement sont très réussies. L'aménagement me plaît ! J'ai écrit à Fabrizio que nous rentrerons directement à Boulouris après mon arrivée. Mon avion atterrit à 15h 03. N'oublie pas de venir me chercher ! Je veux fêter mes 55 ans avec toi, seulement avec toi, ma douce... Ja ja ja.[15] Mon demi-frère, je le verrai plus tard... J'ai bien aimé ta dernière photo... Tu es belle et bien en chair... Quand je pense à toi, querida, cela me rend fou... Encore deux jours et je pourrai baiser tes lèvres fraîches... A bientôt, ma belle. Ton caballero [16]pour la vie ! Juan. »

C'était son dernier message. Un sms écrit à la va-vite ! Truffé de points de suspension.

Cet homme était insupportable, frondeur, égoïste et rebelle. Mais lui seul avait trouvé les mots pour réveiller son ventre.

Les journées qui précédèrent l'arrivée de Juan passèrent à toute allure. Alice avait cessé de compter les heures. Elle avait fini par emporter toutes les affaires dont elle avait besoin. Mais Juan n'avait plus donné signe de vie. Alors, désemparée, la veille de son arrivée, elle s'était rendue au duplex pour s'imprégner du lieu où il allait vivre.

Elle avait mis une bouteille de champagne au frais, commandé un repas pour le soir du 3 avril. Leur premier dîner en amoureux ! Charcuteries corses, salade de jeunes pousses d'épinards aux gambas flambées, banons et en dessert un fraisier au Grand Marnier.

Elle tremblait comme une écolière qui passe un examen pour la première fois. Elle avait accompli l'impossible, dépensé une fortune à l'institut de beauté et chez son coiffeur.

Au Casino de la vie, à la roulette des amours ressuscitées, elle déposait la mise maximale.

« Rien ne va plus, impair, noir et gagne » !

Alice avait réservé une table pour le lendemain au « Gaucho argentino », un restaurant argentin de Nice, dont elle avait lu les excellentes critiques dans un magazine local. L'établissement qui organisait des dîner-spectacles proposait aussi une formule et quelques spécialités à la carte pour le déjeuner. Une vingtaine de minutes lui suffirait ensuite pour rejoindre l'aéroport Nice-Côte d'Azur.

Il fallait à tout prix qu'elle découvre enfin les saveurs épicées que Juan affectionnait tant !

En trente ans, Didier et elle n'avaient jamais fréquenté les restaurants latino-américains. Au début de leur mariage, quand ils étaient en vacances, qu'ils cherchaient un lieu pour se restaurer et qu'elle avait repéré une enseigne de ce type au loin, elle tirait Didier par la manche et l'obligeait à changer de trottoir. A cette époque, tout ce qui lui rappelait l'Amérique du Sud l'insupportait. Mais ce temps-là était bel et bien révolu.

Le 2 avril, Juan ne donna pas signe de vie.

En se couchant, Alice pria. Elle invoqua le dieu dont elle avait le plus souvent nié l'existence et la bonté depuis son adolescence et lui confia Juan. Elle pensa à Véra qui n'avait pas appelé depuis un bon moment et qui lui manquait. Elle regrettait un peu de ne pas s'être confiée à elle.

Pendant la nuit, elle fit un rêve étrange : un oiseau blanc qui portait Juan sur ses ailes, plongeait brutalement et s'abîmait dans l'océan mais tel le phénix, l'oiseau ressortait des eaux agitées, plein de force, ruisselant de lumière. Son amour avait disparu au fond des eaux et elle commençait à pleurer mais ses sanglots se tarissaient comme par enchantement. Sur les ailes de l'oiseau, un mot en lettres d'or gravé dans une langue ancienne indéchiffrable se détachait. Sa seule vue l'avait vidée de son chagrin et avait suffi à inonder son cœur d'une paix mystérieuse et parfaite.

Elle s'éveilla comme au premier matin du monde. Elle n'avait jamais été aussi calme. Lorsqu'elle eut achevé de s'habiller, elle vaporisa le parfum qu'IL préférait derrière ses lobes d'oreilles, au creux de ses poignets, là où la peau est tendre, là où il poserait ses lèvres chaudes. « *Trésor. Le parfum des instants précieux.* » Les images de la publicité lui revinrent en mémoire.

Elle avait renoncé à tout pour Juan. Elle lui livrait sa peau.

Alice s'installa au volant et gagna la Provençale.

Au « Gaucho argentino », elle commanda une entrecôte qui nageait dans une sauce épicée et un verre de Syrah. Elle n'avait pas vraiment faim et picora dans son assiette après avoir coupé sa viande en petits morceaux comme le font les gosses. Elle refusa le dessert qu'on lui proposait.

Elle ne tenait plus en place.

Vers quatorze heures, elle quitta le restaurant et regagna son véhicule. La Promenade des Anglais était bondée. Elle arriva à l'aéroport juste à temps. Trois heures moins le quart ! Trottinant sur ses escarpins Louboutin rouge-sang, elle gagna le hall des arrivées.

Le vol en provenance de Paris Charles de Gaulle marquait « on time ».

Soulagée, Alice se posta un peu en retrait et remercia le ciel de pouvoir bénéficier de quelques minutes de répit. Elle cherchait en vain à rassembler ses pensées, à contrôler les battements désordonnés de son cœur. Lorsque la première vague de passagers déferla, elle inspira violemment et au prix d'un énorme effort de volonté, parvint à dompter le tremblement qui commençait à l'agiter.

Les derniers retardataires franchissaient les contrôles. Hébétée, Alice regardait tous ces inconnus qui s'étreignaient, s'embrassaient, se souriaient...

Elle devait se rendre à l'évidence : Juan avait raté sa correspondance !

Au comptoir d'Air France, l'hôtesse inclina la tête et reprit la consultation de son fichier en fronçant légèrement les sourcils.

« Désolée, Madame, mais il semble qu'aucun passager du nom de Juan de Casteljac-Chazan ne se soit présenté à l'embarquement hier soir à New-York sur le vol AF 467. Je suis désolée mais je n'ai pas d'autre information à vous transmettre. J'espère que cela répondra en partie à vos questions. Je vous souhaite une bonne fin de journée. »

Sur ces belles paroles, la jeune fille sourit à Alice et par un léger signe de la main signifia au client suivant qu'il pouvait s'approcher.

Alice bascula en avant. Ses jambes ne la portaient plus. Deux bras puissants la saisirent. Elle éclata en sanglots et se blottit contre la poitrine de l'agent de sécurité.

On la réconforta. On la pressa de se rendre au poste de secours. Elle refusa énergiquement. Elle se dirigea vers le parking.

Au moment où elle introduisait sa carte bancaire dans l'automate, son téléphone vibra. Elle termina son paiement et ne pensa plus qu'à quitter la zone aéroportuaire.

Elle s'engagea à vive allure sur la Promenade des Anglais. Elle avait besoin d'une pause. Par chance, elle dénicha une place de stationnement rue Meyerbeer, à deux minutes des palaces. Elle irait prendre un verre au Westminster.

Il n'était pas venu !

Chapitre 20 - Alcools

Nice, 3 avril 2012

En pénétrant au bar de l'Hôtel Westminster, Alice repensa au sms qu'elle venait de recevoir. Son intuition lui murmurait que le message venait de Juan. Mais elle n'était pas prête à affronter la réalité. Pour se donner du courage, elle commanda une Margarita qu'elle vida d'un trait. L'effet du cocktail se fit aussitôt sentir. Une douce sensation de chaleur l'envahit.

A contrecœur, elle appuya sur la touche entrée de son téléphone.

« *Ma petite française, je suis désolée de te prévenir aussi tard mais j'ai dû renoncer à mon départ pour la France. Quelque chose de terrible s'est produit. Mon père est mort il y a deux jours. Comme tu le sais, nous ne nous étions pas revu depuis treize ans. C'est un choc même si je ne l'ai jamais vraiment aimé et qu'il me détestait cordialement... Ja ja ja... Je dois partir pour l'Argentine pour organiser son enterrement et régler mes affaires... Ne t'inquiète pas. Ce n'est qu'une question de semaines... Je prévois de prendre un vol pour Paris autour du 5 mai... Entre temps, je dois retourner à New-York. Ma vie est plutôt compliquée en ce moment ! Je t'écrirai peu car je risque d'être très occupé. Je baise tes jolies lèvres, ma douce. Mille caresses. Ton chevalier Juan.*

Ps : Je n'ai pas prévenu Fabrizio. Je ne veux pas l'embêter avec mes affaires de famille. S'il te plaît, contacte-le de ma part et explique-lui tout. Dis-lui que je lui téléphonerai plus tard. »

Ainsi le vieux monstre avait tiré sa révérence !

Ce n'était que justice. Non seulement, ce parangon de vertu, cruel et manipulateur, avait tué Mathilde mais il s'était arrangé pour pourrir la vie de Juan, pour détruire leur avenir.

Elle le maudit. La haine et la joie mauvaise qui montèrent en elle anesthésièrent son chagrin. Juan ne viendrait pas maintenant. Et alors quoi ?

Elle commanda une deuxième Margarita.

Alice sortit du Westminster en titubant légèrement. Elle remonta la Promenade et poussa la porte à tambour du Negresco. Ce lieu mythique l'impressionnait mais elle ne pouvait pas décemment commander un troisième cocktail au bar du Westminster ! Pour se donner une contenance, elle se redressa, lissa sa jupe et avança droit vers le bar en souriant. Il lui fallait à tout prix prolonger l'état d'hébétude dans lequel l'alcool l'avait plongée. Un truc bien fort, un Negroni par exemple, ferait l'affaire.

Mon Dieu, comme le prix des cocktails était élevé !

Elle ricana en songeant aux soixante-cinq mille euros qui dormaient sur son compte en banque. Avec un tel pactole, elle pouvait se saouler jusqu'à la fin de ses jours ! Elle choisit un fauteuil éloigné des allées et des regards.

Le deuxième Negroni lui arracha la gorge. Vaincue, elle s'assoupit. C'est la sonnerie de son portable qui la réveilla.

« Allo, maman ? C'est toi maman ? C'est Sophie ! Maman tu m'entends ? J'ai eu papa au téléphone ! Il dit que tu l'as quitté, que tu vis dans un studio maintenant. C'est n'importe quoi maman ! Tu ne peux pas nous faire ça. Allo maman ? Tu m'écoutes ? Papa m'a dit aussi que tu voulais vivre avec un mec que tu as connu il y a quarante ans et que tu n'as même jamais rencontré ! Je ne pensais pas que c'était si grave ! Maman, est-ce que tu réalises ? Je ne peux pas accepter ça, MOI, non... Je ne PEUX pas... MAMAN ! Maman ? ».

Sous la pression de la colère, la voix de Sophie s'était brisée.

Si Alice s'était trouvée dans un état normal, elle aurait compris la douleur de son enfant, elle aurait temporisé et elle n'aurait jamais prononcé les mots terribles.

Dans les contes de fée, les méchantes femmes vomissaient des crapauds. C'était la peine que leur infligeaient les bonnes fées pour s'être montrées cruelles, égoïstes et vaniteuses.

D'immondes créatures jaillissaient de ses lèvres gonflées :

« Espèce de petite crétine, tu ne comprends rien à rien ! Est-ce que vous allez bien me laisser TRANQUILLE et cesser de m'EMMERDER, tous autant que vous êtes, avec votre MORALE. Mais ma fille, SI tu n'es pas contente, tant pis pour toi ! Tu vis ta vie, je vis LA MIENNE ! Mais sache, oui, sache, que je ne renoncerai JAMAIS à LUI pour tes beaux yeux ! Tu ne comprends vraiment rien à rien, ma PAUVRE enfant ! »

Le flot d'immondices s'interrompit et Alice crut percevoir la plainte d'un sanglot étouffé, semblable au vagissement d'un nourrisson. Puis un silence oppressant s'installa. Sans réfléchir, Alice raccrocha. Le portable glissa de ses mains moites et atterrit sur le tapis moelleux, sous la table basse.

Alice se cala dans son fauteuil et rejeta la tête en arrière. Une vague noire épaisse, puante, la frappa de plein fouet.

« Madame, Madame, réveillez-vous ! Vous ne pouvez pas rester là ! »

Une main légère tapotait son épaule.

« Voulez-vous qu'on vous reconduise dans votre chambre ? Souhaitez-vous voir un médecin ? »

Alice se redressa. D'une voix pâteuse, elle répondit au barman qu'elle était de passage et qu'elle allait s'en aller. Elle se mordit les lèvres pour ne pas pleurer. L'homme ramassa son portable sous la table et lui tendit avec une mine navrée.

Non, elle n'était pas ivre. Elle était malheureuse !

Elle commanda un double expresso, paya son dû et rejoignit sa voiture.

La brise marine la réconforta un peu. Il était dix-neuf heures trente. Le soleil avait presque fini sa course. Elle aussi. Elle ressemblait à une vieille jument fatiguée. Cette journée qui s'annonçait prometteuse s'achevait en désastre.

Elle songea au traiteur qui avait trouvé porte close et était reparti bredouille et certainement furieux. A Sophie qui sanglotait au téléphone. Ce soir, personne n'attendait Alice. Personne ne caresserait son corps.

Elle décida de regagner Saint-Raphaël par la corniche. C'était un choix insensé, stupide.

Mais elle s'entêta.

Lorsqu'Alice aperçut la camionnette blanche qui arrivait face à

105

elle, au beau milieu de la chaussée, elle poussa un cri aigu. Dans un geste réflexe, elle donna un coup de volant à droite. La paroi rocheuse égratigna le côté droit de son véhicule. Un bruit de ferraille lui déchira les tympans. La Mini poursuivit son chemin en zigzaguant. Par bonheur, Alice ne roulait pas très vite, mais comme la chaussée s'incurvait sur la gauche, la voiture allait finir par s'écraser contre le parapet de pierre qui surplombait les rochers dégringolant vers la Méditerranée. Un autre coup de volant la ramena au milieu de la route. Le prochain virage se profilait. Elle comprit qu'il lui serait impossible de le négocier et freina de toutes ses forces. La voiture chassa et frappa de pleine face un obstacle en fer. L'onde de choc atteignit Alice au creux de l'estomac. Un portail sans doute ? La tête d'Alice oscilla d'avant en arrière et rebondit contre l'appui-tête en cuir noir.

Une douleur intense lui transperça les omoplates.

Elle songea à ses trois enfants et dans un murmure leur demanda pardon.

Chapitre 21 - Accidents de parcours.

Le Dramont, 3 avril 2012

Quand Alice reprit connaissance, la Mini Austin était plongée dans une demi-pénombre. Les faisceaux des phares des véhicules qui circulaient encore sur cette portion de corniche à cette heure tardive balayaient le tableau de bord. Alice se rendit compte que sa voiture s'était jetée sur un solide portail en fer blanc. Il se trouvait en retrait de la route, dans un renfoncement qui devait mesurer à peu près trois mètres de profondeur. Par chance, son véhicule ne dépassait pas sur la chaussée. Les automobilistes n'avaient pas remarqué sa présence, ou s'ils l'avaient vu, ils en avaient conclu qu'il était tout simplement garé à l'entrée d'une propriété. Alice voulut sortir de la voiture mais un coup de poignard lui lacera les cervicales lorsqu'elle se débarrassa de sa ceinture de sécurité.

Elle alluma le plafonnier et passa ses doigts sur son visage. Dieu merci, elle ne saignait pas !

Un moment, elle se tint immobile et essaya de rassembler ses esprits. Les vapeurs d'alcool commençaient à se dissiper. Au prix d'un effort qui lui arrachait des gémissements, elle tâtonna pour trouver son sac à main qui avait glissé sous le siège passager.

Sans l'ombre d'une hésitation, Alice composa le numéro de Didier.

Didier ouvrit la porte de la voiture et se pencha. Une fragrance fruitée et capiteuse, qu'elle n'avait jamais portée en sa présence, flottait et se mêlait à d'épais relents d'alcool. Sa femme tourna doucement la tête vers lui et dans un souffle le remercia d'être venu.

Elle ressemblait à une enfant perdue.

Didier lui prit la main avec délicatesse et entreprit de lui poser quelques questions auxquelles elle répondit par monosyllabes. Pouvait-elle bouger ses jambes ? Oui. Saignait-elle quelque part ? Non. Avait-elle mal à la tête ?

Elle eut un geste vague, désespéré, pour lui désigner ses cervicales.

Didier composa le numéro des secours : il ne voulait prendre aucun risque. Il contacta un dépanneur pour demander l'enlèvement immédiat du véhicule. Il consulta sa montre. Vingt et une heures ! Il était trop tard pour rechercher l'identité des propriétaires de la villa.

Il se pencha une nouvelle fois vers Alice. Elle s'était assoupie. Son mascara avait coulé et de larges traînées noirâtres marbraient ses joues.

Didier soupira. Alice ne buvait pas. Un verre de très bon vin suffisait à la rendre heureuse. Mais jamais, au grand jamais, il ne l'avait vue ivre à ce point !

Il mesura la gravité du drame qui se nouait dans la vie de son épouse mais remercia le ciel de l'avoir gardée. Elle était seule dans la voiture, ce qui signifiait que le Dom Juan lui avait fait faux bond ! Didier ne savait pas s'il devait se réjouir de ce rebondissement ou craindre encore pour leur avenir.

Quand les ambulanciers la déposèrent délicatement sur le brancard, elle ouvrit les yeux et serra furtivement sa main. Il lui jura de rester à ses côtés et de prendre soin d'elle aussi longtemps qu'elle aurait besoin de lui.

Il mesurait le prix de cette promesse. L'oiseau, une fois ses ailes guéries, risquait de reprendre son vol.

Sur la route qui le menait à l'hôpital, Didier fit une pause pour téléphoner à Lisa et Daniel. Leur soutien et leurs prières lui étaient précieux. Dans les jours qui viendraient, il aurait plus que jamais besoin d'amour, de force et de patience.

Alice écourta son séjour à l'hôpital en signant une décharge quarante-huit heures après son arrivée. Les examens et les radios montraient qu'elle s'en tirait avec des contusions sans gravité. Ses vertèbres cervicales la faisaient encore souffrir mais on lui avait posé une minerve et prescrit des antalgiques assez puissants. Le lendemain de l'accident, Didier lui avait apporté quelques affaires de toilette et une robe de rechange mais il avait oublié le chargeur de son portable. Privée de moyens de communication, Alice souffrait mille morts. Elle éprouvait presque une forme de reconnaissance car les élancements qu'elle ressentait entre les épaules lui permettaient d'oublier l'angoisse qui lui mordait le cœur chaque fois qu'elle pensait à Juan.

Alice donna l'adresse de son studio au chauffeur de taxi et se ravisa subitement. En fin de compte, il valait mieux qu'elle rentre à la Villa blanche pour se reposer un peu ! Le lit dans la chambre d'amis était bien plus confortable pour son dos meurtri que le clic-clac du studio et Didier pourrait lui donner un coup de main si elle avait un problème quelconque.

Ce serait l'affaire de quelques jours, une semaine au plus... Ensuite, elle retrouverait son appartement et sa propre vie.

Sans Juan, l'existence n'avait pas de sens.

Elle téléphona à Fabrizio et s'excusa de ne pas avoir donné signe de vie plus tôt. Elle lui raconta le message de Juan, l'accident... Elle se sentait gênée et honteuse. Fabrizio lui annonça qu'il avait reçu un sms de Juan la veille au soir. Il semblait furieux contre son demi-frère mais comme il était bien élevé et prévenant, il avait écourté la conversation en lui souhaitant un bon rétablissement.

Pour la première fois, Alice ressentait de la colère envers Juan. Pour qui se prenait-il ? Ne pouvait-il pas assumer ses responsabilités tout seul ?

Son silence l'inquiétait. Alice se disait que s'il ne cherchait pas son soutien dans cette période de deuil, c'est qu'il n'avait pas besoin d'elle et ne lui faisait pas vraiment confiance.

Cette pensée lui était intolérable.

Didier prit quelques jours de congés et la couvrit d'attentions.

Alice se reposait, faisait quelques pas sur la terrasse. Ils parlaient peu. Elle acceptait le thé qu'il lui préparait et partagea même quelques repas avec lui. Il était plus doux, plus prévenant, mais elle pressentait une manœuvre pour l'obliger à céder.

Toute cette gentillesse l'irritait ! Non, elle ne se laisserait pas attendrir...

Un soir, il lui avait offert un cadeau : une salière et une poivrière en argent massif de style Art nouveau qui représentaient un homme et une femme qui s'enlaçaient. Cette attention avait mise Alice dans une rage folle.

S'imaginait-il qu'il allait acheter son retour avec de l'argenterie ?

Dix jours après l'accident, Alice retourna dans son studio. Elle se mit à la recherche d'un avocat. Si elle voulait se séparer de Didier, elle devait prendre les devants. Pour se donner du courage, elle relut tous les mails de Juan : les mots d'amour et les promesses la rassérénèrent.

Encore quelques semaines et son rêve deviendrait réalité.

Mais quand elle copia les coordonnées de maître Godard sur son portable, elle sentit ses doigts trembler et son cœur battre la chamade. Elle en conclut qu'elle n'était pas encore prête pour commencer ce genre de démarche.

Non ! Il fallait attendre l'arrivée de Juan. Il fallait patienter !

Sa liberté serait un combat de longue haleine et sans Juan à ses côtés, sans ses bras, sans son souffle dans son cou, sans ses lèvres sur les siennes, elle se sentait impuissante, incapable d'envisager l'avenir, comme privée d'elle-même.

Les journées s'étiraient. Elle n'avait pas reçu le moindre signe de Juan.

Didier lui avait téléphoné pour lui annoncer que le montant de la facture pour réparer la Mini-Austin était exorbitant et qu'elle devait envisager de s'acheter un nouveau véhicule. Il avait effectué les démarches pour les dégâts causés au portail. Le propriétaire, un homme d'affaires belge, s'était montré très compréhensif. Didier avait terminé en lui affirmant qu'elle ne devait pas s'inquiéter : les assureurs se chargeaient de tout.

Alice acheta une nouvelle voiture. Elle opta pour une modèle italien confortable et racé, aux lignes fluides. Une Giulietta blanche. Avant de dénicher cette voiture, elle avait visité tous les concessionnaires de Fréjus à Cannes, trouvant dans ces déplacements qui l'avaient ruinée en taxi, un exutoire à la sourde inquiétude qui montait en elle.

Le 20 avril, Alice reçut un message de Juan qui la laissa sur sa faim.

« Alice, Amiga mia,[17] me voici de nouveau à New-York. Le séjour en Argentine a été pénible. J'ai laissé le soin à un ami

d'enfance, Gonzalo, qui est avocat, de régler mes affaires, entre autre de vendre l'appartement de l'avenida Mendoza. J'ai réservé un billet pour Madrid. J'ai envie de visiter l'Espagne avant d'arriver en France ! Je passerai quelques jours chez mon ami Adriano qui tient un restaurant à Barcelone. Ensuite, je louerai une voiture et j'arriverai tranquillement chez toi, ma princesse, autour du 10 mai. J'ai décidé de recruter un nouveau chef pour mon restaurant de Canal Street car je veux qu'Emilio, mon second, me rejoigne sur l'Ile rouge dès que les travaux seront achevés. Voilà, trésor, tout ce que je peux te dire. J'espère que tu vas bien et que tes affaires pour larguer ton idiot de mari sont en bonne voie. Baby, prends patience. Nous nous verrons bientôt. Juan.

L'angoisse la dévorait.

Pourquoi compliquait-il ainsi les choses ? Quelle stupidité que ce voyage à travers l'Espagne ! Elle avait cru naïvement qu'après le contretemps du 3 avril, il prendrait le premier avion pour Paris. Mais il n'était pas pressé de la retrouver... Au contraire, il semblait prendre un malin plaisir à temporiser.

Furieuse, Alice referma le clavier de son ordinateur d'un geste sec.

Se moquait-il d'elle ? A quel jeu cruel se livrait-il ?

Un sanglot monta dans sa gorge. Il ne lui avait même pas communiqué l'horaire de son vol ! Un homme qui aimait une femme et qui voulait l'épouser se comportait-il d'une manière aussi... volatile ?

Elle rédigea un court message où elle le priait de communiquer son heure d'arrivée à Saint-Raphaël afin qu'elle puisse s'organiser. Elle n'osa pas lui poser d'autres questions ni lui faire de reproche. Elle lui redit son amour.

Puis elle se prépara à attendre. Encore.

Un terrible doute s'insinuait en elle. Alors, comme on repousse les ombres au réveil, Alice-Scarlett s'arc-bouta.

« Il ne faut pas que j'y pense maintenant ; j'y penserai demain ! ».

Les jours se transformèrent en mois, en années, en siècles.

Le jour du 1er mai, Juan lui confirma que son avion partait pour Madrid le 6 mai et qu'il ferait une escale à Barcelone. Il arriverait « probablement » en France le 10 mai en fin d'après-midi ! Elle n'avait qu'à l'attendre à l'appartement de Boulouris ! Jusqu'à son départ, il était hébergé par un ami dans le New-Jersey. Il l'embrassait. Sur la photo qui accompagnait l'émail, elle trouva qu'il avait l'air heureux : il posait à proximité d'une pergola, accroupi, un doigt au sol comme à son habitude et il souriait.

Elle avait peur.

Le 6 mai, Alice retourna à l'appartement de Boulouris pour vérifier si tout était en ordre. La bouteille de Champagne était à sa place dans le frigo. Comme elle ne savait pas à quel moment il débarquerait, elle ne pouvait rien prévoir. Cela n'avait plus d'importance !

Depuis trois jours, elle ne dormait plus, elle ne mangeait plus. Elle avait l'impression que son cœur allait éclater.

Elle avait joué et rejoué la grande scène de leurs retrouvailles mais maintenant, c'est comme si elle avait perdu son texte.

Chapitre 22 - Le message

Résidence des pins, 10 mai 2012 – Cannes, 12 mai 2012

Le réveil marque sept heures dix. Alice a mal dormi.

Elle a remonté les stores et elle est sortie prendre l'air sur la minuscule terrasse, sa tasse de café à la main. C'est son dernier matin sans Lui.

IL est toute sa vie.

Il fait frais. Le vent souffle de la mer charriant une odeur de sable humide. Tout est tranquille. Au loin, un chien aboie trois fois.

Alice rentre et se cale dans son fauteuil, son portable sur les genoux. Comme tous les matins, elle consulte sa messagerie. Mais aujourd'hui, ce n'est pas un matin comme les autres.

Juan vient de lui adresser un message. Alice sourit.

Enfin ! Il doit lui annoncer son heure d'arrivée...

Comme elle l'aime !

« Ma petite amie.

Ne crois pas que je t'abandonne. En fait, depuis la semaine dernière, les choses ont tourné différemment. Il y a quinze jours, j'ai eu un entretien assez musclé avec Fabrizio. Il s'avère que notre vision du projet « Almanezer » diffère radicalement. Et bien que je souhaite exaucer le désir de mon père biologique, je ne suis pas prêt à faire toutes ces concessions qui me sont demandées. Je lui envoie donc mon second, Emilio qui prendra la direction du restaurant. C'est un « bon garçon » que Fabrizio pourra diriger à sa guise ! J'ai annulé mon voyage en Europe.

Je crois que je vais partir directement pour Bali. J'ai reçu une

113

proposition de collaboration fabuleuse. La vieille Europe ne m'intéresse plus tellement... Tout est tellement décadent chez vous...

J'espère que tu vas trouver ta liberté et que tu apprendras à vivre en femme indépendante. Promets-le-moi. Tu es intelligente, Alice... Je sais que tu comprendras...

Je t'envoie un baiser. Chau. Juan. »

Alice relit le texte. Encore et encore. Trois fois, dix fois. Ces mots-là ne veulent rien dire. Ils se heurtent à sa raison qui s'effondre.

Sur ses genoux, l'ordinateur pèse une tonne. Elle se regarde agir. Se lever, se doucher, s'habiller.

Machinalement, elle ramasse le trousseau de clé du duplex sur la table basse. D'abord passer récupérer la bouteille de Champagne. Ensuite ? Ensuite, elle reviendra se terrer ici. Ensuite ? Ensuite, elle prendra rendez-vous avec Fabrizio pour lui remettre les clés.

Il faut qu'elle lui explique. Tout. Elle lui doit bien ça à ce pauvre Fabrizio !

***

Fabrizio fit asseoir une Alice blanche comme un linge sur le canapé du petit salon et lui proposa un expresso. Elle accepta en hochant la tête.

Il trouvait qu'elle avait changé. Les yeux myosotis ressemblaient à deux minuscules lacs noirs et glacés qui engloutissaient la lumière. Elle avait minci. Il émanait d'elle un charme suranné et fragile. Elle lui faisait penser aux héroïnes des opéras de Puccini dont la passion ne s'éteint qu'avec leur vie, aux amoureuses des grands romans russes qui erraient, solitaires, dans les jardins au crépuscule.

"Alors, Alice, vous savez que Juan nous a fait faux-bond ?"

Alice reposa brutalement sa tasse. Une giclure brunâtre imprima une tâche en forme de cœur sur le revers de sa veste en daim. Sans ciller, elle sortit une enveloppe kraft de son sac à main et par saccades, déversa son contenu sur la table basse maculée de café. Des photographies, quelques feuilles quadrillées pliées en quatre, quelques enveloppes au liseré fané bleu et blanc.

L'homme d'affaire reconnut immédiatement son demi-frère.

Comme il ressemblait à Alessandro ! Sur les clichés, il devait avoir entre seize et vingt ans. Il était beau, trop beau. La beauté du diable !

Toutes les pièces du puzzle étaient à leur place. Fabrizio comprit pourquoi Alice s'était évanouie dans son bureau à la veille de Noël. Il comprit son étrange retenue lors du dîner à la Villa Archange, la fièvre étrange dans son regard, l'application qu'elle avait déployée, au printemps, pour préparer la venue de Juan.

Il l'écouta sans l'interrompre, fasciné.

Elle parla longtemps en se tordant les mains.

Oui, elle avait aimé Juan. Oui, elle avait cru à ses promesses ! Elle l'attendait. Elle était prête à tout pour cet homme qui avait capturé son cœur trente-neuf ans auparavant. Elle s'apprêtait à sacrifier sa réputation, son mariage, ses enfants, son propre bien-être pour se donner à lui. Juan était l'homme de sa vie, son caballero, sa nourriture. Le destin lui avait rendu, elle avait cru à un miracle et foncé tête baissée.

Il y a deux jours, il lui avait écrit dix lignes pour lui annoncer avec un parfait et scandaleux détachement qu'il renonçait à la direction du restaurant et qu'il se préparait à partir pour Bali. Elle ne comprenait pas pourquoi il avait jeté l'éponge si vite et sans explication. Il avait rompu toutes ses promesses et, comble d'ironie, il prétendait ne pas l'abandonner ! Mais il l'avait bel et bien rejetée et trahie !

En prononçant cet aveu, Alice s'était redressée et tournée vers Fabrizio. Sa poitrine s'était soulevée et ses épaules s'étaient affaissées. Il avait cru qu'elle allait s'évanouir mais au lieu de cela, un cri terrible avait jailli de sa gorge. Du fond de la nuit, la douleur trop longtemps niée avait trouvé son chemin et s'écoulait dans un torrent de sanglots qui lui déchiraient les entrailles.

Quand la première vague s'était enfin calmée, Fabrizio s'était rapproché d'elle. Avec d'infinies précautions, il l'avait serrée dans ses bras. Alice avait continué à pleurer plus doucement en se laissant peu à peu aller contre lui.

Il l'avait bercée pendant une heure, comme une toute petite fille.

Fabrizio Gardelli, capitaine d'industrie, était le témoin ébahi d'un chagrin sans borne. A plus de cinquante ans, il comprenait enfin le sens de l'expression « avoir le cœur brisé ». Au plus profond de lui-même, l'indignation le faisait trembler. La prochaine fois qu'il aurait son demi-frère au téléphone, il lui dirait sa façon de penser !

Avant de le quitter, Alice lui avait rendu les clefs du duplex de Boulouris. Fabrizio l'avait rassurée. La décoration était parfaite : l'appartement serait loué à un collaborateur. Il veillerait lui-même à l'enlèvement des meubles. Une bonne partie d'entre eux servirait à garnir le logement destiné au Chef Emilio. Car les travaux avançaient à grands pas et il n'était pas question de renoncer à l'ouverture de *l'Almanezer* même après le coup d'éclat de son irresponsable de frère !

Fabrizio éprouvait un immense soulagement à l'idée d'être débarrassé de Juan ! Quel caractère impossible ! Quelle suffisance ! Quel narcissisme !

Son intuition d'homme d'affaires aguerri lui soufflait que le Chef Emilio se montrerait à la hauteur du défi qui s'offrait à eux. Juan pouvait bien aller au diable avec ses spécialités géniales et son arrogance !

Tout à coup, Fabrizio se demanda s'il ne devait pas changer le nom du restaurant et le rebaptiser « Villa Gardénia » en hommage à sa grand-mère. Après tout, aucun contrat moral ne le liait à Juan après cette désertion scandaleuse ! Oui, il allait reprendre les choses en main. Il était certain que le Chef Emilio et lui formeraient un tandem soudé. Exit les projets pharaoniques de Juan, toutes ces fleurs exotiques vulgaires, hors de prix, et ses décorations tape-à-l'œil !

Sur les terrasses de l'Ile rouge, les gardénias embaumeraient de nouveau l'air du soir. Il dénicherait des variétés méconnues et rendrait aux serres leur splendeur d'antan... Sur les tables habillées de lourdes nappes immaculées, repassées avec soin, il voyait déjà les somptueux couverts en argent, la vaisselle la plus fine, et le cristal de Baccara capter les rayons du soleil couchant.

Fabrizio songea à la cruelle épreuve que le destin imposait à Alice. Juan n'était qu'un salaud et ne la méritait pas ! Mais il avait la certitude qu'elle s'en sortirait. Quand elle lui avait serré la main au moment de son départ, elle avait esquissé un pauvre sourire mais la flamme de son regard qui l'avait interpellé et presque séduit lors de leur première rencontre à Hôtel d'agglomération, cette lumière subtile, pure et précieuse, était revenue.

Oui, Alice Schneider trouverait le bonheur. Un jour, elle se saurait aimée d'un amour sans limite et trouverait la paix.

Fabrizio pénétra dans son bureau et referma doucement la porte derrière lui. Avant de se mettre au travail, il avait quelque chose d'urgent à accomplir.

Il composa le numéro de Didier Schneider. Il laissa une invitation sur le répondeur : « Demain 19h. Un verre au bar du Carlton ? ».

Oui, Fabrizio était en paix avec lui-même. Il parlerait à Didier. Il appréciait cet homme, sa probité, et sa discrétion.

A cet instant précis, seul le bonheur d'Alice Schneider lui importait.

Chapitre 23 - Et maintenant...

Le Dramont, 12 mai - 19 mai 2012

Lorsqu'Alice atteignit le péage de Fréjus, elle avait pris sa décision.

Elle se sentait lessivée. Les pleurs l'avaient purifiée. Elle était de nouveau elle-même, brisée, furieuse mais vivante. Ce soir même, elle parlerait à Didier. Elle savait qu'il comprendrait.

Elle avait besoin de temps, de solitude et le seul endroit où elle trouverait le courage de se reconstruire était le lieu de son enfance : Conjux.

Alice passa à l'appartement pour se changer et se maquiller. Elle téléphona à Didier pour lui demander s'il voulait bien lui consacrer la soirée. Il répondit qu'il rentrerait tard mais qu'elle pouvait passer après vingt et une heure.

Soulagée, elle commença à trier ses papiers. Il fallait à tout prix qu'elle remette la main sur son bail de location !

Elle se félicita d'avoir suivi son intuition et d'avoir loué au mois. Dès demain, elle irait déposer son préavis à l'agence. Elle fit aussi la liste des objets qu'elle allait emporter. Par bonheur, le coffre de sa Giulietta était vaste : une fois les sièges arrière repliés, elle pouvait ranger au moins trois grosses valises et quelques objets personnels dont elle ne voulait à aucun prix se séparer.

A Conjux, ils jouissaient d'un confort sommaire car la maison faisait office de résidence estivale. Lorsque les enfants avaient quitté le nid familial, Didier et elle avaient cessé d'y séjourner pendant les vacances, en dehors de deux semaines au mois d'août. Un voisin surveillait la toiture pendant les épisodes neigeux et entretenait le terrain. Elle se doutait qu'elle devrait aussi retrousser ses manches en arrivant. Heureusement, l'été s'annonçait !

En consultant ses comptes, elle constata que son pactole avait été sérieusement écorné par l'achat de sa nouvelle voiture... et sa collection de Louboutin ! Si elle se limitait à quinze mille euros pour les travaux les plus urgents, elle pourrait encore disposer d'une réserve d'environ trente mille euros. De quoi tenir environ deux ans.

Elle n'imaginait pas reprendre la vie commune avec Didier. Il lui faudrait assumer seule sa nouvelle existence de femme indépendante et trouver rapidement un travail. Elle frissonna. Cet avenir incertain lui faisait peur mais elle ne voulait pas rentrer dans le rang.

Elle était fatiguée ! Elle ferma son ordinateur en soupirant. Il lui restait une demi-heure. Elle se cala dans son fauteuil et regarda l'obscurité envahir la pointe du Dramont.

Quand Alice reprit ses esprits, il était neuf heures pile. Elle enfila un cardigan, claqua la porte derrière elle et dégringola l'escalier.

L'homme qu'elle croisa, un technicien qui travaillait à Grasse chez Molinard, et qui habitait l'appartement au-dessus de chez elle, reconnut l'élégant sillage du parfum qu'elle portait. Arpège de Lanvin. Une splendeur.

!

En sortant du bureau de Fabrizio, Alice avait marché longtemps dans les rues de Cannes. Elle avait poussé la porte de *Sephora* et avait acheté son parfum préféré. Elle aimait le flacon noir d'une élégance folle où l'on voyait une mère et sa fille s'enlacer.

« Trésor » gisait au fond de la poubelle de sa cuisine au milieu des épluchures.

A la poubelle !

C'était là que finissaient les mariages périmés, les épouses égarées et les amants menteurs !

A la sortie d'Agay, Alice accéléra un peu l'allure pour évacuer la colère qu'elle sentait monter en elle. Quelques instants plus tard, elle passait le portail de la Villa blanche. Tandis qu'elle avançait au pas dans l'allée, elle remarqua que Didier était sorti sur le perron pour l'accueillir.

Il semblait plus grand, plus fort, plus affirmé. Il s'était fait tailler la barbe, avait changé de look... Il portait un pantalon vert kaki, une ceinture en cuir châtaigne et une chemise rose pâle dont il avait retroussé les manches sur ses avant-bras bronzés. Elle lut dans le regard vert céladon qui l'avait séduite trente-trois ans plus tôt, une détermination et un appétit de vivre qui la surprirent. Elle se demandait s'il jouait la comédie mais préféra lui laisser le bénéfice du doute.

Lorsqu'ils se quittèrent aux alentours de minuit, ils avaient scellé un accord temporaire de séparation.

Alice regagna son studio, se roula en boule dans les draps et rêva de Conjux.

***

Alice s'écroula sur la bergère jaune pâle. Elle venait de rendre les clefs du studio au terme d'une semaine épuisante. C'était sa dernière soirée à la Villa blanche avant son départ pour la Savoie.

Elle s'abîma dans la contemplation du triptyque.

Le tableau était parfaitement à sa place ici. Elle ne voulait pas priver Didier de cette toile. Après tout, son mari semblait plus proche de Lisa et Daniel qu'elle ne l'avait jamais été.

Lisa !

Elle se souvenait de leur dernière conversation téléphonique et un malaise subsistait. Alice ne se sentait pas le courage de « mettre les pendules à l'heure »... Seule, sa chère Véra aurait pu trouver les mots pour apaiser ses angoisses, sa colère et cette vilaine culpabilité qui pointait le bout de son nez. Mais, il lui était impossible de se confier à quiconque.

C'était trop tôt.

Les rayons du couchant nappaient la mer d'un voile d'or. Elle descendit jusqu'à la plage.

Alice aspira les senteurs poivrées et sucrées de son jardin en espaliers. Aveugle aux splendeurs printanières, aveugle à tout sous l'effet du puissant filtre d'amour qu'elle avait bu jusqu'à la lie, elle avait négligé sa plage, son refuge.

Les cailloux roulaient sous ses pieds, ses ballerines étaient trempées mais elle s'en moquait.

Elle marcha jusqu'à la barrière que les Gardelli avaient fait installer pour séparer sa propriété du « port de l'Ile rouge ». Tout était fin prêt pour l'accueil des futurs clients. Une navette les prendrait en charge sur le parking près du Monument du débarquement et les déposerait sur le quai à quelques mètres de la vedette. On avait installé, à grands frais, des palmiers et d'énormes lauriers-roses en pots qui n'allaient pas tarder à tapisser les barrières. L'argent avait un pouvoir redoutable !

Alice rebroussa chemin. Elle se tordit la cheville en buttant contre un bout de roche aiguisé. Elle grimaça.

Au loin la silhouette crénelée de la tour se découpait sur le ciel strié de rose. Elle songea à la brochure et à la destinée de la famille Gardelli à laquelle elle se sentait désormais liée à tout jamais.

« *Mi dulce francesita, mi Princessa, mi alma, bellissima, te deseo, te extrano, te amo, bellissima....* » [18]

Le souvenir des mots d'amour de Juan la percutèrent comme les rafales d'une mitraillette. Sous la douleur et la révolte qu'ils lui infligeaient, elle se cabra. Elle hurla son nom.

A l'horizon, le reflet du soleil formait une tache tremblante sur l'eau sombre : une auréole qui se diluait peu à peu. Alice s'immobilisa et attendit que l'astre s'effondre. Elle fixa la tache jusqu'à sa complète disparition.

C'est ainsi qu'elle devait affronter la souffrance qui la mordait.

Ce soir-là, alors que les ombres envahissaient cette crique où elle avait tant marché et fui sa vie, elle acquit une certitude : le jour viendrait où elle chercherait la douleur au fond de son âme et ne la trouverait plus.

LE VOL DE LA COLOMBE

Chapitre 24 - La liste

Conjux, Lac du Bourget, 20 et 21 Mai 2012

Lorsqu'on quitte Chanaz, la route serpente à travers bois et prairies en descendant vers le lac du Bourget. Elle oblique puis s'élargit un peu lorsqu'elle traverse le hameau de Portout qui jouxte le village de Conjux.

C'est ici, entre eau et montagne, qu'Alice avait passé ses vacances lorsqu'elle n'était qu'une enfant. La maison dauphinoise, leur maison de famille, était entourée d'un vaste pré qui s'inclinait en pente douce jusqu'aux eaux poissonneuses. Il s'agissait d'une solide demeure carrée en pisé, que ses murs de quatre-vingt centimètres d'épaisseur isolaient du grand froid comme de la canicule. On prenait les repas dans la vaste cuisine mais dès la « belle saison » qui durait seulement quatre mois, on installait les tables en fer forgé et les transats rayés multicolores, pour profiter en famille de la vue splendide, sur la terrasse recouverte de minuscules cailloux grisâtres et pointus qui vous meurtrissaient la plante des pieds.

Alice se souvenait des joyeuses tablées, des diots au vin blanc et des soirées raclette, des cris aigus que poussaient les enfants quand ils se bousculaient dans la minuscule piscine à boudins... La pauvre ! Elle avait rendu l'âme au bout d'une saison ! Elle se souvenait des longues siestes dans les chambres fraîches, du ronflement régulier qui s'échappait des lèvres de Didier, de l'odeur du chocolat chaud, des retours de promenade, des bouquets de fleurs des champs cueillis par les petites mains impatientes et dispersés dans toutes les pièces.

Son père, Louis Morizet s'était investi corps et âme pour restaurer cette maison. Il avait fait installer une vaste salle de bain au rez-de-chaussée à laquelle on accédait par la cuisine. Le Père

Mollard, leur voisin, s'occupait de la pelouse et supervisait l'entretien des haies de thuyas et d'églantiers. Aux limites de la propriété, près de la route, ses parents avaient fait scier les deux gigantesques acacias que sa mère avait toujours connus et planté deux pommiers. C'est aussi le vieil homme qui récoltait les fruits à l'automne et se gavait de compote. Avec beaucoup de gentillesse, il vérifiait l'état de la toiture, faisait exécuter les travaux d'entretien du bâtiment. Par bonheur, les massifs de rosiers, plantés face au lac il y soixante ans par sa grand-mère Marie, faisaient de la résistance. A la mi-mai, les fleurs pommelées aux pétales rouges, jaunes et rose-pâle s'épanouissaient, libérant des senteurs sucrées, écoeurantes... Inimitables.

La maison avait été bâtie par Jeanne Charvet, une de ses aïeules en 1855. Veuve à vingt ans, Jeanne avait épousé en secondes noces le fils d'un négociant en vin du nom d'Antoine Pardon. Jeanne, en femme indépendante, avait baptisé la demeure « La Villa des Acacias ». Le nom avait survécu et passé les générations. Mais les enfants d'Alice par affection, surnommaient la propriété « La petite maison du lac » en opposition à la grande demeure où avaient vécu leurs grands parents maternels. Une plaque blanche et bleue de style 1900, clouée au-dessus de la porte d'entrée et dont l'émail commençait à s'écailler, témoignait de ce lointain passé.

La Giulietta blanche s'engagea dans l'allée et stoppa devant l'entrée.

Le matin même, dix jours après la désertion de Juan, Alice avait pris la route pour la Savoie sous une pluie battante. Durant tout le trajet, l'incessant ballet des essuie-glaces avait soumis ses yeux fragiles et ses nerfs à rude épreuve. Alice éprouva un violent soulagement lorsqu'elle coupa le contact.

Elle était enfin « chez elle » !

Après lui avoir résisté quelques secondes, la porte d'entrée s'ouvrit avec un grincement sinistre. Alice frissonna. L'humidité s'insinuait par tous les pores de sa peau. A la cuisine, elle rabattit vivement les persiennes en bois et contempla le paysage familier. Le lac gris acier semblait figé, prisonnier d'un voile de brouillard qui s'épaississait de minute en minute. Elle alluma l'électricité et chargea le poêle à pellets qu'elle avait fait installer sur un coup de tête deux ans plus tôt. Puis, elle partit inspecter les chambres. Elle monta les convecteurs électriques à fond. Au diable l'avarice ! Puis elle récupéra son sac-cabine rouge et noir et ses affaires de toilette. Le reste pouvait attendre. Tout le reste.

En passant par Saint-Raphaël, elle avait fait quelques courses. L'indispensable café, un sachet de madeleines, du jus d'orange, une soupe en boite, un bout de comté, une plaquette de beurre et un pain complet tout tranché. Le minimum pour ne pas mourir de faim.

Elle eut un triste sourire. Elle ignorait s'il existait un minimum pour ne pas mourir d'amour.

Alice fit chauffer un bol de soupe dans le micro-onde puis elle gagna « la chambre des parents ».

Faire le lit, secouer le vieil édredon en plumes lui demanda un effort incommensurable. Quand elle se glissa pieds nus dans les gros draps de coton rêches et humides, elle étouffa un cri de surprise.

Mais où était donc passé la bouillotte ?

Elle se roula en boule et tira l'édredon au-dessus de sa tête.

Elle pensa à son enfance, à Didier et aux petits... Ici, elle était chez elle, en sécurité. Puis l'ombre de Juan vint la couvrir et elle sentit son cœur se déchirer en deux. Le plaisir solitaire fugace qu'elle s'accorda lui procura une onde de chaleur puissante et oppressante. Elle s'endormit en pensant à Lui.

Elle fut tirée de son sommeil par un coup de fil de Didier qui lui demandait si tout se passait bien. Elle avait négligé de l'appeler la veille au soir et répondit à ses questions d'une voix impersonnelle, comme l'aurait fait une standardiste. S'il s'inquiétait, eh bien, c'était tant pis pour lui !

Devant son bol de café fumant, Alice se mit à réfléchir à l'organisation de sa journée. Elle trouva un bloc de papier et commença la liste des « choses à faire ». Elle avait toujours fonctionné, au travail comme à la maison, avec des listes interminables. Plus les listes étaient longues plus Alice avait le sentiment d'exister. Le fait de rayer une tâche accomplie lui procurait, depuis son adolescence, une satisfaction éphémère et amère.

Au bout de dix minutes, elle avait noirci deux pages. Elle avait dessiné une « matrice de priorité », un truc de management qui lui avait permis de ne pas sombrer dans la folie lorsqu'elle travaillait à plein-temps à la mairie.

Urgent :

Vider la voiture

Prendre de l'essence

Faire les courses (alimentation)

Acheter une poêle Tefal et des sacs poubelles

Aller chercher 2 sacs de pellets

Nettoyer le frigo

Faire le ménage

Important :

Passer voir le Père Mollard

Contacter un opérateur pour installer internet.

Prendre rendez-vous chez le médecin pour demander du Xanax.

Alice suspendit une fraction de seconde son crayon à papier en l'air. Téléphoner à Véra ?

Ses yeux s'emplirent de larmes. Elle avait besoin de Véra. De sa tendresse, de son amitié, de sa sagesse. Véra ignorait tout du tsunami qui avait emporté son couple en l'espace de quelques mois. Alice regrettait de ne pas s'être confiée au Nouvel An, quand elles s'étaient souhaité une bonne année, au moment où l'AUTRE avait pointé le bout de son nez dans sa vie. Mais au plus profond d'elle-même, Alice savait qu'elle aurait rejeté tout conseil, toute tentative d'aide, même la plus bienveillante. Véra avait dû sentir sa réticence et s'était contentée de lui envoyer deux messages auxquels Alice n'avait pas répondu. Par paresse et par lâcheté.

Dès le début, elle s'était entêtée. Aveugle et comme possédée, elle s'était livrée sans retenue à la passion qu'Il lui inspirait. Au point de piétiner ses valeurs, d'avoir renoncé à ses propres projets et à ses meilleures amies.

Elle repensa avec colère et tristesse à « l'épisode du parfum ».

Elle avait écrit une vraie lettre à Juan au début de leur « liaison sentimentale » et l'avait inondée de son parfum préféré comme elle le faisait aux jours de sa jeunesse. Séduit, Juan avait joué le jeu, mais dans le mail suivant, il l'avait violemment critiquée, affirmant haut et fort, en lettre capitales que « *cette fragrance ne lui CONVENAIT PAS et qu'elle DEVAIT porter un parfum plus JEUNE et dynamique, plus actuel.* »

Et elle avait cédé à contrecœur, bêtement, pour ne pas le perdre.

Juan lui avait parlé de liberté, l'avait conjurée de se découvrir et pourtant il l'avait contrainte à changer d'univers et à nier ses goûts les plus intimes.

C'était à n'y rien comprendre !

Certes, quand elle comparait sa garde-robe actuelle à celle du printemps précédant, elle ne pouvait que se féliciter du changement. Mais l'épisode du parfum lui était resté « en travers de la gorge ».

Jeter le flacon de *Trésor* à la poubelle avait été le premier geste sensé qu'elle avait accompli pour se libérer de l'emprise de Juan.

Elle retourna à sa liste.

Important et urgent :

Se libérer de lui ?

Elle s'accrochait au vide qu'il avait laissé dans son âme comme une noyée à une bouée crevée. Pour ne pas sombrer dans la folie. Faire son deuil ? Etait-ce urgent ou important, ou simplement impossible ?

Important :

D'une main qui maintenant tremblait, elle écrivit :

Téléphoner à Geoffroy et à Laura.

Demander pardon à Sophie !

Elle gagna la salle de bain. Sous la brûlure de l'eau, elle sentit les muscles de son dos se dénouer. Un deuxième bol de café lui assura l'énergie suffisante pour vider sa voiture.

Elle prit la route de Culoz.

Avant de regagner Conjux, elle fit un crochet par Chanaz pour s'arrêter au « Doux Nid », la confortable maison d'hôtes au bord du canal de Savières. Sabrina et Christophe lui proposèrent de s'asseoir pour partager un café. Elle refusa poliment. Elle leur acheta un pot de miel, de la confiture de lait et des cookies aux myrtilles faits maison. Répondre à leurs questions, même bienveillantes, était au-dessus de ses forces...

A son retour, Alice s'installa à la table de la cuisine pour déballer ses courses. Elle plongea son index dans le pot de confiture de lait et en oublia un instant son chagrin. La texture gourmande, onctueuse, en s'écrasant sous sa langue, la transporta, comme par magie, dans les bras de sa mamie, au creux du seul amour qui ne l'avait jamais trahie.

Chapitre 25 - La bergerie

Depuis avril, Didier avait pris ses quartiers chez Lisa et Daniel. Il arrivait tard le vendredi soir à la Bastide des Oliviers et repartait le lundi matin à l'aube. Il considérait ces week-ends comme des parenthèses obligatoires qui lui évitaient de sombrer dans le désespoir, le forçaient à mettre de l'ordre dans ses pensées. Il était profondément reconnaissant à la Providence de la façon dont ses deux amis avaient réagi après le départ d'Alice. L'un comme l'autre l'entouraient de leur affection mais respectaient son besoin de calme et de silence.

Didier se sentait accepté, compris, aimé.

Lisa et Daniel avaient mis à sa disposition une dépendance située à une centaine de mètres de la Bastide. Un mazet d'environ vingt-cinq mètres carrés entièrement rénové, qu'ils louaient aux touristes pendant l'été, qui se composait d'une grande pièce à vivre, d'une mezzanine servant de chambre à coucher et d'une salle d'eau. Didier passait des heures à se relaxer sous la tonnelle qui donnait sur l'oliveraie. Les senteurs mêlées de jasmin et de chèvrefeuille l'apaisaient.

Mais la nuit, le sommeil le fuyait.

Depuis son entretien avec Fabrizio, il ne pouvait se défendre de sentiments contradictoires. Lorsqu'il avait appris de la bouche de l'italien que Juan renonçait complètement au projet de l'Ile rouge pour un poste de direction dans un hôtel-resort de Bali, il avait tout d'abord éprouvé un vif soulagement mais très vite une vague de colère l'avait envahi quand il avait compris ce qu'Alice avait enduré à cause de ce salopard. Il essayait d'imaginer ce qu'elle avait pu ressentir. Il ne comprenait pas que cet homme ait pu la traiter avec tant de désinvolture et de mépris...

Alice, sa perle, le trésor qu'il avait si longtemps négligé...

Alice, abandonnée à elle-même, pouvait lui revenir mais blessée et furieuse, elle pouvait tout au contraire s'isoler, se radicaliser, demander le divorce.

Il avait besoin de réfléchir et de prier. Il avala le reste de son thé à la hâte et décida de consacrer la matinée à une balade. Au milieu des oliviers et des vignes, il trouverait peut-être un début de réponse aux questions douloureuses qui l'agitaient.

Le soleil dardait ses rayons. Didier progressait au milieu des restanques. A perte de vue, les oliviers puis la forêt. Il avait certainement dépassé les limites de la propriété de Daniel, mais n'en avait cure. Soudain, il déboucha sur une zone de pâturages pour les brebis. Il s'avança vers la bergerie pour s'asseoir à l'ombre d'un des murs. Le bâtiment était un peu délabré mais ne manquait pas de caractère. Il s'assit là, près d'un tas de cailloux pour reprendre son souffle et appuya son dos à la paroi bosselée. Il ferma les yeux et quand il les ouvrit à nouveau, la splendeur du paysage lui sauta au visage.

A perte de vue, les oliviers formaient un océan vert tendre ponctué de cyprès qui lançaient leurs pointes fières vers le ciel. Il y a trois ans, c'est Alice qui l'avait presque contraint à déménager dans le Sud. Lui avait toujours redouté la canicule, l'exubérance de la culture provençale et les mets épicés. Sans savoir pourquoi. Aujourd'hui, il comprenait enfin sa femme. Alice aimait la vie, les couleurs et la joie. Elle était faite pour vivre ici.

A ses pieds, il trouva une grosse pierre ronde, lisse, qui semblait amasser à elle seule tout le soleil de l'été. Il la soupesa entre ses mains. Elle était lourde comme sa peine. Un instant, il imagina qu'il tenait Dom Juan à sa merci et qu'il frappait le visage de son rival avec ce caillou, qu'il frappait, frappait, jusqu'à voir sa belle gueule exploser ! Effrayé de sa propre violence, il rejeta la pierre qui s'en alla rouler dans l'herbe sèche et disparut.

« Que celui qui n'a jamais péché lui jette la première pierre ! ».

Didier se courba en deux. Il cacha son visage dans ses mains tremblantes et entre deux sanglots, fit ce que la douce voix intérieure qu'il commençait à connaître lui commandait de faire.

Le pardon qu'il accorda à Juan et à Alice libéra une joie

incoercible dans toutes les fibres de son être.

Le soleil séchait ses larmes. Il entendit sonner onze heures au clocher du village. Il s'accorda quelques minutes puis se leva et reprit, à pas tranquilles, le chemin du mazet.

Chapitre 26 - Joyeux anniversaire !

Conjux, Villa des Acacias, le 22 mai 2012

Le téléphone vibra quelques secondes sur la table de nuit et tira Alice d'un sommeil nauséeux. Il était six heures. Un sms venait d'arriver.

« Ola AMIGA ! Dans quelques jours, je prends l'avion pour Bali. Un vieil ami, que j'avais connu à Ushuaïa me propose de prendre la direction d'un nouveau complexe resort à Bali. Tu sais combien j'aime l'Asie... Mais au lieu de parler de moi, je veux juste t'écrire ces quelques lignes pour souhaiter un joyeux anniversaire à la femme dont j'ai été EPERDUMENT AMOUREUX une fois dans ma jeunesse et qui a un cœur extraordinaire. Je souhaite que tout aille bien pour toi et que tu puisses profiter de la vie car n'oublie pas : la Vie est Belle. Un beso. CHAU. Juan.»

Alice se trouvait stupide. Elle avait oublié de désactiver son téléphone et de bloquer Juan ! Bloquer Juan ! Lui interdire l'accès à ses pensées, à ses nuits, à sa vie. Et voilà qu'après l'odieux message du 10 mai, il refaisait surface l'air de rien... En ce 22 mai, le jour de son anniversaire à elle.

Avec cruauté, il lui rappelait qu'il l'avait aimée !

Grand Dieu !

Certains hommes sont des bâtards, songea Alice.

Guidés par leurs sens, leurs impulsions et leur concupiscence, inconstants dans toutes leurs voies, ils promettent, jurent, tempêtent, proclament, caressent avec leurs mots. Des mots qui ont l'apparence de la bonté, de l'amour, de la sagesse et du désir mais qui sont vides de sens car ils ne sont pas suivis d'action. Quand une femme se livre à ce genre d'homme, elle est prête à être consumée. Car le désir sans l'amour conduit à la chute dans le vide.

Fracas du corps contre l'esprit. Rupture.

Quand un homme éveille le désir d'une femme, il ne sait pas ce qu'il va rencontrer et si c'est un joueur, un opportuniste, il finira par se retirer. Le fameux jeu du chat et de la souris. Pour mieux appâter sa proie par la suite... Prédateur, imposteur, jouisseur impénitent !

Malheur à la femme qui croise cette créature maléfique, mi-ange, mi démon, auréolée de gloire infectée, être inconsistant dans ses profondeurs !

Oui, Malheur à elle !

Elle n'a jamais répondu au message de rupture. Par lâcheté et par orgueil. Il est temps de donner la mort à cette histoire sans lendemain. De porter l'estocade.

A toute vitesse, elle tape : « *Bon voyage et sois heureux à Bali ! »*.

Elle ne signera pas. De toute façon, elle ne sait plus qui elle est vraiment. Une vague de désespoir la submerge.

Alice descend jusqu'aux berges du lac. Ses espadrilles sont humides de rosée. Elle a tout préparé avec soin pour l'holocauste.

Alors que l'aube s'enfuit pour laisser place à une journée radieuse, elle ne voit rien, elle ne sent rien, toute entière à sa macabre besogne.

D'une main, elle porte un panier en osier où elle a rangé du papier journal et quelques brindilles de bois bien sèches. De l'autre, le coffret interdit.

Avec lenteur, elle empile le bois dans l'incinérateur, déchire et chiffonne le papier journal. Ensuite, tout va très vite. Elle dispose les lettres, les cartes postales et les dessins. Le feu naissant dévore les feuillets légers. Pour se punir, pour boire jusqu'à la lie le sang de sa défaite et du malheur, elle ouvre l'enveloppe et verse son contenu. Le visage rieur du chevalier noir se tord sous le bleu des flammes. Hypnotisée, Alice se penche.

Tout est dit, tout est détruit. Tout s'échappe en gaze matinale. La légère brise qui s'est levée emporte au loin l'amour condamné.

La fumée la fait tousser, lui brûle les yeux. Elle recule d'un pas.

Un colvert prend son envol.

Véra vient d'appeler. De sa voix claire, elle lui a souhaité un joyeux anniversaire. Alice rit.

« C'est vrai Véra, j'ai cinquante-cinq ans et toute la vie devant moi. »

La voilà qui raconte des fables !

« Oui, Véra, figure-toi que je me trouve à Conjux. Je suis montée en Savoie pour faire établir des devis et retaper la maison. Tu sais, j'ai vendu une parcelle de terrain à un bel Italien et conclu une bonne affaire ; je suis riche maintenant ! »

Elle rit pour ne pas éclater en sanglots. Mais Alice n'a jamais su feindre. Affolée, elle trouve un prétexte.

« Excuse-moi, je dois me préparer ! Un rendez-vous dans une heure chez un entrepreneur à Aix-les-Bains. Je te rappelle plus tard. Un gros bisou et salue bien Marc. Je t'aime Véra. Merci d'avoir appelé. Bisous ! »

Pour museler la souffrance qui prend ses poumons en otages, Alice sort la boite de comprimés de son sac. Un seul anxiolytique détient le pouvoir de la calmer pendant une demi-journée.

Et si elle avalait les trois plaquettes ?

Pour cette fois, six pilules devraient faire l'affaire. Après tout Juan n'en mérite pas tant...Le lit l'accueille et comme un linceul, le drap blanc se referme sur elle.

La douleur est partie. Alice joint les mains comme une gisante. Elle n'entend pas son téléphone vibrer.

« *Alice, ma chérie. Je te souhaite un bon anniversaire. Ton mari qui t'aime toujours. Didier* ».

Elle a reçu une carte de Laura. Une immense carte rose fuchsia, parsemée de strass et fermée par un ruban rose pâle soyeux, toute en délicatesse, à l'image de cette enfant qui ne cesse de la surprendre par sa sagesse. Laura. Candide, forte et pure. Laura dont l'âme n'a pas été touchée par les ténèbres.

Laura, sa lumière.

Alice pleure doucement. Elle qui s'imaginait que l'amour inconditionnel restait jusqu'à la fin de l'existence l'apanage des parents !

Au bout de la nuit, l'aube se dessine dans l'enchevêtrement des mots d'encouragement de son enfant.

Seul un amour sans fard est capable de purifier une âme perdue.

« Allo, Véra ? C'est Alice... »

Deux heures. Deux heures pour crier au secours, retourner au commencement, à l'inévitable, à la brûlure ancienne.

Véra écoute et prie.

Alice a commencé par annoncer sa séparation d'avec Didier puis elle a fait un saut de trente-neuf ans en arrière pour parler de son amour de jeunesse, de son caballero, des promesses et de la perte. Ensuite, elle a évoqué le tsunami des retrouvailles sur internet, le combat perdu d'avance contre la marée montante du désir, le temps des projets, l'emprise incandescente de Juan sur son âme. Elle a terminé par le récit de l'accident et de l'ultime trahison. Il y a douze jours, seulement...

« Oui, Véra, je suis tombée bien bas. J'ai tout détruit pour lui. J'ai dit des choses horribles à Sophie quand j'étais sous l'emprise de l'alcool. Des choses affreuses, inimaginables ! Tu te rends compte ? Moi qui ne me suis jamais saoulée de ma vie... Quand tout a commencé, j'ai refusé toute aide, j'ai envoyé paître Lisa. J'aurais dû t'appeler. J'ai été odieuse avec Didier, Véra ! Je ne sais pas comment m'en sortir. J'ai encore si mal ! Comment pardonner ? Comment me pardonner ? »

Sa voix se brise.

Véra soupire. Elle s'abstiendra de répondre à son amie dans l'immédiat. C'est à Alice de trouver son chemin.

« Alice, j'ai quelque chose à te proposer. Pourquoi ne viendrais-tu pas à la maison ? Marc est en déplacement au Brésil pour superviser un chantier qui va durer une bonne quinzaine de jours. Nous aurons tout le temps de parler à tête reposée. Je vais prendre soin de toi. Apporte ton maillot de bain et un bon bouquin. On fera des balades au bord du lac et du shopping à Annecy. Si c'est possible, viens demain. Tu peux rester aussi longtemps que tu veux, ma belle. Alors, c'est d'accord ? »

Alice renifle. D'une toute petite voix, elle s'entend répondre : « Merci Véra ; c'est d'accord, j'arriverai demain soir vers dix-sept heures. Mais surtout ne te dérange pas pour moi ! »

Chapitre 27 - Concerto et brins de muguet

Les Mongets, Lac d'Annecy, 23 mai – 28 mai 2012

Alice a jeté sa valise sur le siège arrière. Une valise de célibataire...

Elle se souvient des départs en vacances en famille. De leur grosse berline pleine à craquer. Geoffroy, Sophie et Laura pressés les uns contre les autres et de Jules, leur insolant teckel, vagabondant sur leurs cuisses d'une vitre à l'autre, nichant son museau humide dans son cou. Elle se souvient à quel point Didier se montrait patient... Comme il était habile pour ramener le calme ! Elle, il lui fallait trois bonnes journées pour qu'elle parvienne enfin à se détendre...

Elle a hâte de revoir Véra. Qu'on la serre dans les bras.

Depuis toujours elle ressent ce besoin dévorant d'être enveloppée de douceur, d'être bercée et consolée.

Elle est comme un puits sans fond.

Quand elle réfléchit, elle se rend compte que même Juan n'aurait pas pu combler ce vide. La blessure qu'il lui a infligée est venue se superposer à d'autres. Elle se sent vulnérable.

Qui pourra apaiser ses tourments, lui rendre la soif d'aimer et d'être aimée ?

Pour ne plus s'apitoyer sur son sort, Alice appuie sur le bouton de l'autoradio. Le premier mouvement du *Concerto pour deux violons* de Bach explose et lui arrache des larmes.

Un souvenir affleure...

Été 1985. Paris. Le Grand Palais.

L'exposition consacrée à Bach pour le tricentenaire de sa naissance. Les précieuses partitions. Et sur la plupart d'entre elles, les mystérieuses inscriptions I.N.J et S.D.G qui marquent le début et la fin des oeuvres du maître. *In nomine Jesu et Soli Deo Gracia* : « Au nom de Jésus », en guise d'invite, « A Dieu seul la gloire », l'expression vibrante d'humble reconnaissance pour le don manifesté. Mais ce qui avait le plus bouleversé Alice, c'était les annotations de la main du musicien inscrites en marge des portées...

J.j Jesus juva : « Jésus, aide-moi !».

Non seulement Bach dédiait son travail à son créateur mais dans le processus même de fermentation, il puisait constamment son inspiration, cette impulsion de l'esprit, auprès de son Dieu.

D'où vient la force de créer, de se battre, d'aller plus loin, de courir jusqu'au bout ou de renaître ?

Alice s'enfonça dans les eaux turquoise et fit quelques brasses rapides. Toute la tension nerveuse accumulée depuis deux semaines la quittait peu à peu.

Elle s'astreignit à faire quelques longueurs en brasse coulée. Avec lenteur et application. Depuis son enfance, nager lui procurait un plaisir pur et intense. Elle continua en dos crawlé. Le bleu parfait du ciel liquéfiait son chagrin.

Quand elle reprit pied, elle aperçut son amie debout au bord de la piscine, un verre de citronnade à la main. Elle lui rendit son sourire.

Les jours mauvais étaient derrière elle.

La supplique qu'elle avait fait monter dans sa voiture alors que les dernières mesures du concerto de Bach s'échappaient, ces trois pauvres mots prononcés d'une voix misérable « Jésus, aide-moi ! » avaient ouvert une brèche dans les ténèbres de son âme et libéré ses épaules d'un fardeau dont elle ne comprenait ni la nature, ni le sens.

Véra prit la main qu'Alice lui tendait et l'aida à sortir de l'eau.

Lorsqu'elle plongea son regard dans celui de son amie, Véra comprit que les cadenas d'orgueil qui bridaient le cœur d'Alice avaient cédé. L'âme meurtrie d'Alice s'offrait enfin, palpitante et craintive, au pouvoir guérissant de l'Amour.

Alice s'accouda à la balustrade du balcon de sa chambre et inspira profondément. Le lac d'Annecy, en recevant le baiser de la nuit, prenait des teintes violettes et irisées. L'air embaumait le muguet.

Elle se revit à sept ans, mains terreuses et genoux écorchés, au temps où elle cueillait, en compagnie de son père, les premiers brins dans le petit bois au-dessus de « La Villa des Acacias ». Elle aimait la simplicité des minuscules clochettes diaphanes de cet humble muguet des bois. Elle le préférait aux plants qu'on cultivait sous serres à l'approche du 1er mai et dont les fleurs blanc crème, inodores, s'étouffaient au centre d'une débauche de feuilles épaisses comme du carton et de papier cristal : un muguet qui ne servait qu'à faire la fortune des fleuristes et le bonheur des superstitieux !

Lorsqu'on les écrasait avec l'ongle, les tendres clochettes transparentes du muguet des bois exhalaient un parfum piquant, inachevé et volatile comme la vie.

Elle ressemblait à un brin de muguet gracile et gorgé de sève.

Les griffes du mal l'avaient lacérée dès sa tendre enfance, mais ce soir, elle sentait la vie revenir en elle et ce sentiment nouveau faisait naître dans son cœur un espoir incompréhensible.

Elle leva les yeux.

Le ciel avait enfilé sa parure d'étoiles pour signifier à l'enfant perdue qu'il était temps de découvrir la maison du Père.

"A bientôt, Véra, et merci encore pour tout"

Alice agita une dernière fois la main par la fenêtre entrouverte de la Giulietta pour saluer son amie. Elle bénissait Véra de l'avoir rendue à la vraie vie, de l'avoir tirée de sa stupeur. Avec détermination, elle enclencha la première et juste pour le plaisir fit vrombir le moteur. L'élégante silhouette de Véra disparut.

Elle remonta le lac jusqu'à Annecy. Les pluies torrentielles de l'avant-veille avaient lavé les sapins, et les prairies reverdies ondulaient comme une étole de soie plissée par la main d'un magicien.

Tout en conduisant, Alice repensa à l'arrivée de cet orage d'été deux jours plus tôt.

Véra et elle sirotaient leur café du soir sur la terrasse quand en l'espace de quelques minutes, le ciel avait viré au gris encre. Les deux amies étaient restées là, fascinées par le ballet fantasque des éclairs à la surface des eaux. Le vent s'était levé, soulevant la nappe, renversant un verre de vin. Elles avaient plié bagage en riant et s'étaient installées sur le canapé du salon. Alice s'était allongée et

Véra lui avait glissé un coussin sous la tête avant de s'asseoir près d'elle. Elles avaient fait silence. La pluie épaisse tambourinait sur le dallage de la terrasse. Quand les éclairs avaient cessé et que le calme était revenu, Véra avait déclaré qu'elle allait se coucher et avant de l'embrasser, elle avait posé sa main sur son front quelques secondes. Alice se souvenait de l'onde de chaleur qui l'avait traversée et de la sensation étrange qui l'avait accompagnée : cette paix venue d'ailleurs. A regret, elle avait quitté le salon et regagné sa chambre. Pour la première fois, depuis le mois de février, elle avait glissé dans le sommeil sans se poser la moindre question. Le matin suivant, sa première pensée avait été pour Véra puis pour ses enfants qui lui manquaient cruellement.

Deux journées s'étaient écoulées sans que le désir de Juan ne soit venu jeter son ombre sur cette âme amoureuse et amère et la tirer vers le puits des regrets.

Chapitre 28 - Grands travaux et autres chambardements.

Villa des Acacias, mai 2012

A Conjux, l'orage n'avait pas épargné les rosiers.

Les pétales arrachés jonchaient le sol, formant un tapis multicolore et discontinu sur l'herbe humide. Le vent avait déraciné les deux frêles pêchers que le Père Mollard lui avait offerts l'année précédente. Dommage pour les arbrisseaux ! Quant à la terrasse, c'était un désastre ! Les cailloux avaient été entraînés par les masses d'eau qui s'étaient jetées contre la façade.

L'heure était au changement ! De solides lames en bois seraient du plus bel effet. Après tout, elle n'avait presque rien dépensé de son petit pécule. Elle était bien trop raisonnable ! Il fallait passer à l'action !

Depuis son arrivée à Conjux, Alice avait repoussé le début des travaux comme pour se donner du temps, pour ne pas chahuter cette bâtisse qui croulait sous le poids des souvenirs et des vieilleries. Demain, elle téléphonerait au maçon, demanderait un devis pour changer les fenêtres et sélectionnerait un modèle de cuisine. Il fallait aussi qu'elle écrive aux enfants, mais ça, c'était bien plus délicat...

Toute à ses réflexions, Alice jeta un regard distrait à la pile de courrier.

Des publicités, encore ! Le bulletin municipal et une lettre de Didier.

Elle fronça les sourcils. Que lui voulait-il ?

Une vague de panique la submergea. L'enveloppe d'un blanc pur et de belle qualité contenait une carte d'anniversaire. L'illustration, style années cinquante, représentait une très jolie femme aux formes généreuses, qui conduisait un cabriolet rouge et riait à gorge déployée, ses boucles auburn flottant au vent.

C'était donc ainsi que son mari la voyait ? Forte, déterminée, libre, rebelle et arrogante ?

« Ma chérie.

Je t'appelle ainsi car pour moi, tu resteras toujours ma chérie.

J'espère que tu vas bien et que les travaux avancent. Pour ce qui me concerne, j'ai pris quelques décisions qui vont changer le cours de ma vie dans les mois à venir...

Le cœur d'Alice sombra. Elle arrêta sa lecture. Des décisions ? Quelles décisions ? Mais pour ne pas laisser le trouble l'envahir, elle décida de poursuivre.

...Quand je parle de décisions, c'est au sujet de mon travail. J'ai posé un trois quarts de temps qui a été accepté par ma direction. Je travaille donc quatre jours d'affilée et j'ai mon vendredi de libre. C'est merveilleux, Alice. Je peux enfin profiter de la vie ! Je passe tous les week-ends à la Bastide des Oliviers. Lisa et Daniel m'ont prêté leur mazet. J'aime farnienter avec mes bouquins et mon verre de chianti. Je fais aussi pas mal de balades. J'ai découvert un endroit surprenant où la vue plonge sur les oliveraies et une ancienne bergerie cernée par les cyprès et les figuiers. Un endroit que tu adorerais, j'en suis certain. En fait, je compte bien négocier une rupture de contrat conventionnelle. Je réalise maintenant à quel point j'ai été stupide de m'investir comme un fou dans mon travail. Il y a des années que j'aurais dû lever le pied mais je fuyais, vois-tu... Je te demande pardon de t'avoir volé tant de dimanches, tant de soirées...

Et puis, Alice, je dois aussi te demander pardon pour t'avoir négligée. Pour ne pas avoir eu le courage de prendre ma vie en main, de régler mes problèmes. Je n'ai pas mesuré à quel point ma terrible addiction minait ma vie et pourrissait notre relation. Maintenant, chaque semaine, je vois un psychologue que Daniel m'a conseillé et j'avance peu à peu. Je crois aussi que la méditation de la Bible m'aide beaucoup à comprendre les enjeux de la vie et le sens de l'amour véritable. Je découvre qu'il est possible d'avoir foi en Dieu sans devenir un bondieusard. Cette confiance toute simple en un Dieu qui m'aime et en Jésus qui m'offre son pardon me remplit de joie et de paix. Je vois mon avenir sous un jour nouveau. Je ne serai plus jamais seul.

Bien sûr, tu me manques. J'espère avoir bientôt de tes nouvelles. Daniel et Lisa m'ont dit qu'ils passeront une partie de l'été près de Conjux à l'Abbaye de Hautecombe. Ils font partie de l'équipe de responsables de la session « Vin nouveau », une espèce de retraite pour couples organisée par « La Communauté Vie nouvelle ». Cette retraite se déroule en août. Tu auras donc l'occasion de les voir. Si tu veux les inviter, après le séminaire, ils ont dit qu'ils accepteraient avec joie.

J'ai eu des nouvelles de Laura, de Geoffroy et aussi de Sophie. Ils vont bien. Sophie m'a écrit qu'elle rentrait en France pour Noël. C'est encore loin mais je préfère te prévenir tout de suite.

Donne-moi quand même de tes nouvelles. Je respecte ton besoin de solitude mais je voudrais aussi savoir ce que tu penses de ce qui nous arrive et comment tu vis ta vie dans ta maison d'enfance. Si tu as besoin d'aide pour les travaux, je prends mes vacances en août. D'ici là, j'espère que nous pourrons faire le point par Skype ou par téléphone.

Encore une chose : j'espère que ma carte te plaira. Je l'ai choisie en pensant à toi. Tu es une femme pleine de vie et tu ressembles beaucoup à la conductrice quand tu souris. Je regrette de t'avoir fait autant pleurer.

Ton mari qui continue de t'aimer. Didier »

D'un mouvement souple du poignet, Alice étala la peinture blanche sur le mur avec le rouleau en mousse. Elle soupira. La chambre des enfants serait bientôt totalement méconnaissable ! Au rez-de-chaussée, les travaux étaient en bonne voie.

En l'espace de deux semaines, les fenêtres double vitrage avaient été posées. Les ouvriers s'activaient toujours dans la cuisine pour restaurer les antiques dalles de pierre grise. Bientôt, Alice pourrait utiliser un plan de travail en bois clair et ranger les assiettes qu'elle avait achetées la vieille à Chambéry dans de nouveaux placards blancs. Elle ne savait pas pourquoi elle était prise de ce besoin de changement. Après tout, elle ignorait si elle resterait dans la région...

Elle avait rédigé son curriculum vitae, s'était inscrite sur le site de « Pôle emploi » et se préparait à recevoir une convocation pour un entretien. Elle postulait comme Assistante de communication car c'était le métier qu'elle avait exercé pendant une vingtaine d'année. Elle n'avait pas d'état d'âme... Mais parfois, elle se demandait si elle ne devait pas tenter une reconversion professionnelle.

Elle haussa les épaules.

La radio diffusait une émission consacrée aux musiques de films.

Alice chantonna sur West-side Story et écouta le quatrième mouvement de la Cinquième Symphonie de Mahler.

Elle était contente de son travail. Dans une heure, elle aurait terminé la deuxième couche de peinture blanc cassé et une fois la moquette bleu pâle livrée, elle pourrait envisager l'aménagement de cette pièce qui deviendrait enfin une véritable chambre d'amis.

Absorbée par ses pensées, elle n'entendit pas la voix de Madonna s'élever doucement et les premières mesures de la chanson d'*Evita*.

« Don't cry for me Argentina, the truth is I never left you All through my wild days, my mad existence, I kept my promise, don't keep your distance, Argentina! [19]

Elle le revit Lui et les deux petits drapeaux sur son bras. Un cri de détresse mourut sur ses lèvres tandis que ses yeux se remplissaient de larmes. Dans son désarroi, car elle ne s'habituait jamais au retour de la souffrance, elle lâcha le rouleau qui rebondit trois fois sur le parquet en chêne fendillé en crachant de minces giclures.

Alice dégringola de l'escabeau et sans prendre la peine de retirer ses gants, appuya sur le bouton « off ». Elle ramassa son rouleau et remonta sur l'escabeau.

Elle devait à tout prix terminer cette pièce ! Rompre avec la rêverie, avec la nostalgie et avec le passé. Jusqu'à présent, seul l'acharnement au travail lui apportait une paix précaire. Elle savait confusément que pour trouver le calme, il lui faudrait redescendre encore une fois en elle-même pour se placer en pleine lumière. Mais aujourd'hui, elle ne se sentait pas assez forte pour affronter ses ombres. C'est pourquoi la rénovation de la maison et les travaux de décoration, la liste interminable des achats en perspective, toutes ses activités importantes et futiles servaient de dérivatif à la tristesse et aux questions qui menaçaient de la submerger.

Alice fit tremper le rouleau dans la bassine d'eau et arracha ses gants. Elle referma la porte et se rendit dans sa chambre.

La pièce venait d'être repeinte en gris clair et en blanc. La fenêtre neuve à petits carreaux aux persiennes entrebâillées, dépouillée des horribles rideaux orange vintage donnaient à la pièce un charme nouveau. Alice fouilla dans sa valise ouverte à même le sol et trouva un maillot de bain à fleurs et un paréo en coton. Pour ne pas déranger les ouvriers qui s'activaient à la cuisine, elle décida de contourner la maison en passant par l'entrée principale.

Un bon bain lui changerait les idées !

Elle n'avait pas plongé dans les eaux fraîches du lac depuis des années. Lorsque les enfants étaient bébés, leur grand-père avait installé une barrière pour prévenir tout accident, puis on l'avait ôtée pour construire un ponton qui avait accueilli les jeux et les cris des trois adolescents. Elle s'était souvent jointe à eux, les suppliant de ne pas trop l'éclabousser... A cette époque, elle riait, oui, elle riait de les voir si heureux de vivre.

Quand avait-elle ri de bon cœur pour la dernière fois ?

Par précaution, Alice avait emporté des chaussures d'eau pour se protéger d'éventuelles échardes et des pierres coupantes qui affleuraient traîtreusement sous la vase.

Se protéger !

Elle n'avait jamais su ce que cela signifiait vraiment quand il s'agissait de ses propres émotions et sentiments. Elle n'avait jamais su poser de limites. Elle avait aimé, trop fort, trop vite, trop longtemps.

Trop tout !

Les ouvriers prenaient leur pose sur sa terrasse. Ils fumaient leur cigarette en buvant du coca-cola. Elle les entendit rire et cela l'agaça. Lorsqu'elle se retourna pour la seconde fois, elle constata qu'ils s'étaient tu et l'observaient.

Elle pressa le pas et gagna la berge. Avec précaution, elle avança jusqu'au bout du ponton. Les planches grises grinçaient sous ses pas.

Elle dénoua son paréo et s'assit.

L'eau verte, miraculeusement vivante, enserra ses mollets et lui procura une sensation de bien-être intense. Elle se laissa glisser doucement et sentit la vase molle se refermer sur ses chevilles. Immobile, elle resta là un long moment, le regard perdu. Elle songea au ponton de l'Ile rouge, à cet été magnifique et terrible, où un petit garçon rieur et batailleur se jetait dans les bras de son père. Et à cette femme fleur qui ne savait pas encore qu'elle mourrait un jour d'amour et d'oubli. Et elle pleura doucement sur leur jeunesse enfuie.

Chapitre 29 - Un ange

Conjux, 4 juin 2012

Alice fut tirée de son sommeil par la sonnerie de son portable. Le réveil marquait sept heures.

Elle fronça les sourcils, soudain inquiète en voyant le prénom de Laura s'afficher sur l'écran. En général, les enfants n'appelaient jamais d'aussi bonne heure, sauf pour leur annoncer un problème du genre voiture en panne, inondation ou besoin d'argent...

« Allo, maman ! Bonjour ma mamoune, c'est Laura. J'espère que je ne te réveille pas ?

— Bonjour, ma chérie, que se passe-t-il donc ? Tu n'es pas malade au moins...

— Mais non maman, tout va bien de ce côté-là, ne t'inquiète pas pour ça ! En fait, je voulais seulement t'annoncer une nouvelle ! Ça concerne mon travail. J'ai appris il y a une semaine que mon contrat n'était pas renouvelé. Donc, j'ai décidé de rentrer en France. Je serai là dans huit jours. Je vais habiter à la petite maison du lac pendant l'été et commencer à chercher du travail. Je compte postuler sur Chambéry, sur Aix et sur Lyon et ensuite si je ne trouve rien, j'élargirai ma prospection à la Côte puisque papa est toujours en bas, n'est-ce pas ? »

Alice sourit.

« Papa est en bas... qui fait du chocolat et maman est en haut qui fait du gâteau... »

« Bon, eh bien je vois que je n'ai pas le choix ! Tu peux venir quand tu veux, ma chérie. La chambre des enfants vient d'être repeinte. Tu vas rentrer dans un endroit tout propre et décoré par mes soins... J'ai aussi refait ma chambre, vidé le salon de la moitié de ses meubles, repeint la bibliothèque en bleu pâle et j'ai enlevé tous les vieux rideaux ! Tu ne reconnaîtras pas la maison. Et puis, la meilleure nouvelle, c'est que nous allons enfin pouvoir marcher pieds nus sur la terrasse sans nous blesser. J'ai fait installer des lattes en bois exotique.

— Ah, super ! Bon ! J'espère que tu vas bien, ma mamounette ! Tu sais, je pense bien à toi. Je vais téléphoner à papa pour lui annoncer mon retour. Je viendrai avec ma voiture. Peut-être que je passerai quelques jours au Dramont aussi. Bon, je te laisse. On se reparle plus tard ? Gros bisous ma maman !

— Gros bisous, ma chérie, téléphone-moi vite la date et l'heure de ton arrivée. Tu sais, je suis si contente que tu reviennes en France ! Je suis sûre que papa sera ravi aussi. Bisous ma grande !

— Allez, bisous maman ! A plus, je t'aime ! »

Papa, maman, Laura. Des miettes de bonheur.

Didier serrant sa main à elle dans cette salle d'accouchement sordide, lorsqu'il avait fallu expulser leur bébé dans ce monde. Didier prenant maladroitement une Laura vagissante contre son cœur et lui murmurant « ma jolie princesse ». Didier mimant « le grand méchant loup qui poursuit Sylvain et Sylvette » : ce qui faisait rire Geoffroy, Laura et Sophie à gorge déployée !!!

Sophie !

Elle lui avait écrit deux émails un peu embrouillés pour implorer son pardon. Sa fille avait répondu brièvement et sans chaleur que c'était de l'histoire ancienne, sans se livrer, sans aborder la question de son retour en Europe. Alice savait que le chemin vers la réconciliation serait long et parsemé d'embûches. Et comme Sophie n'acceptait pas la séparation de ses parents et la rendait responsable de tout, elles se trouvaient toutes deux dans une impasse.

Pour ne plus penser, Alice repoussa la fine couverture de coton rose pâle et se leva d'un bond.

Rien n'était trop beau pour Laura, son rayon de soleil !

Aujourd'hui, elle irait à Chambéry courir une dernière fois les magasins ! Et sur le chemin du retour, elle s'arrêterait aux Thermes de Marlioz, pour faire quelques brasses... Demain et les jours suivants, elle les consacrerait aux finitions : superviser la pose de la dernière moquette, accrocher les nouveaux rideaux. Et surtout, remplir les placards de la cuisine ! Plus tard, elle embaucherait Laura pour s'occuper des bacs à fleur de la terrasse... Sa fille adorait les travaux d'extérieur !

Elle n'avait pas trop d'une semaine pour tout terminer !

Ce soir-là, quand Alice, fourbue après sa virée en ville et deux heures de natation, s'allongea sur son transat pour siroter son Martini, elle se rendit compte que la pensée de Juan ne lui avait pas effleuré l'esprit au cours des douze dernières heures. Elle en fut étonnée et navrée tout à la fois.

Alice ouvrit la porte d'entrée à deux battants pour accueillir sa fille qui venait d'annoncer son arrivée par une série de joyeux coups de klaxon. Il était midi et demi.

En dépit de la chaleur écrasante et de la fatigue causée par le voyage depuis Paris où elle avait fait escale la vieille, Laura, lui sourit de toutes ses dents et la serra dans ses bras à l'étouffer. Alice prit le visage ovale de sa fille entre ses mains. Laura avait hérité ses yeux en amande, mais la nuance tirait plutôt sur le bleu vert. Sa carnation pâle et l'éclat doré de sa longue chevelure conféraient à la jeune fille une aura dont elle ignorait l'intensité.

Elle referma la porte de la maison et lui offrit sa main. Ensemble, elles montèrent l'escalier en silence. Alice s'effaça pour laisser Laura découvrir la chambre d'amis.

« Oh maman ! C'est magnifique ! Tu as drôlement travaillé dis donc. Quand je pense que c'était notre chambre à tous les trois... Tu te souviens comme Geoffroy te faisait enrager ? Toutes ses chaussettes sales qu'il laissait traîner partout... Les maillots mouillés sur les matelas. Qu'est-ce qu'on a pu s'amuser ici tous ensemble ! Tu te rappelles le jour où Sophie a balancé les baskets de Geoffroy par la fenêtre tant l'odeur était épouvantable ? Oh maman, je crois que je vais bien dormir ici. Tu as récupéré nos deux lits en fer et tu les as repeints... C'est vraiment joli. Merci maman ! »

Laura prit rapidement une douche et rejoignit sa mère sur la terrasse pour le déjeuner. Alice avait préparé une salade de chicorée amère aux œufs durs, une assiette de saucisson au fromage de Beaufort, mis en réserve un reblochon fermier et choisi quelques abricots mûrs à point.

Avec Laura, tout était si simple !

Elles avaient les mêmes goûts en matière de nourriture, préféraient les mets authentiques, la cuisine de terroir, aux plats sophistiqués. Alice se souvint du dîner avec Fabrizio à la Villa Archange.

Tout ce luxe ne signifiait rien comparé au bonheur de revoir son enfant !

Une guêpe se posa sur la coupe de fruits. Alice la chassa avec sa serviette.

« Et alors, maman, tu n'as pas encore fabriqué de piège à guêpes ? »

La voix de Laura tremblait.

Alice secoua la tête en signe de dénégation. La mère et l'enfant se turent. Et les souvenirs des étés flamboyants affluèrent.

En voyant les yeux de son enfant se remplir de larmes, Alice comprit que Laura avait souffert en silence, sans se plaindre, tout comme son frère, emportée par la tempête qui avait brisé leurs certitudes à tous.

Alice se leva. Elle fit le tour de la table et s'agenouilla sur les lattes de bois. Elle posa son front sur les genoux de sa fille.

« Pardon ! »

Sa voix n'était que murmure. Elle attendit, les yeux fermés. Dans son for intérieur, elle se félicita d'avoir fait poser des lattes en bois et songea à la douleur qu'elle aurait ressentie sur les petits cailloux pointus de son enfance...

Elle attendit encore.

Elle sentit la main tremblante de Laura se poser délicatement sur sa tête et comprit que par ce geste d'une infinie douceur, sa fille lui accordait son pardon.

Alors qu'elle reprenait sa place à table, Alice aperçut une colombe blanche qui virevoltait au-dessus du ponton. L'oiseau se posa en équilibre sur un piquet et s'immobilisa, tournant sa petite tête dans leur direction.

Déjà, Laura levait son verre de rosé.

« Allez, maman, à la tienne ! J'ai une faim de loup, moi ! Crois-tu qu'il y aura assez de saucisson pour nous deux ? »

Le rire de Laura éclata, frais, rédempteur.

Alice attaqua sa salade. Elle rit sous cape en songeant aux quatre saucissons pendus dans sa cuisine, tous à la merci de la gourmandise féroce de sa fille !

Chapitre 30 - Rechute et délivrance

Conjux, mi-juillet 2012

La rechute se produisit le matin du départ de Laura pour la Villa blanche.

Didier avait convaincu sa fille de le rejoindre pour fêter le Quatorze Juillet au Dramont. A eux, la balade traditionnelle en front de mer, le feu d'artifice à minuit, les pommes d'amour et les délicieuses glaces à l'italienne... Laura ne tenait plus en place et devait contenir son impatience face à sa mère. Depuis quelques jours, Alice s'était repliée dans un silence jaloux. Didier pouvait bien faire ce qu'il voulait ! Il avait tous les droits après tout ! Même celui de la priver de son enfant...

Alice sentit les cheveux humides et parfumés de Laura effleurer son visage quand celle-ci se pencha pour l'embrasser.

Le réveil marquait cinq heures. La météo avait annoncé une journée caniculaire et Laura avait avancé son départ pour voyager dans les meilleures conditions. La jeune fille avait hésité à réveiller sa mère pour lui dire au revoir mais elle avait perçu sa détresse et c'était sa façon à elle de lui prouver son amour et de la rassurer.

Quand Laura referma doucement la porte derrière elle, Alice sentit les larmes affluer derrière ses paupières closes.

Qu'allait-elle faire de sa vie ?

Tuer le temps pour ne pas se tuer au travail. Pour ne pas se tuer tout court... Elle chassa les oiseaux de proie et replongea dans un sommeil sans rêves.

C'est la sonnerie de son portable qui la réveilla. Neuf heures trente !

« Allo, bonjour Alice, c'est Véra ! »

Véra ne pourrait pas venir la voir cet été. Elle partait à La Rochelle aider sa fille qui se trouvait dans son sixième mois de grossesse et attendait des jumelles. La vie quotidienne devenait difficile pour Esther, expliqua-t-elle. Son mari, chef de rang dans un restaurant étoilé et débordé, ne pouvait lui consacrer beaucoup de temps. Et puis, Marc allait s'envoler dans deux jours pour Bali. Il allait participer à l'édification d'un pont qui relierait un grand complexe hôtelier à une île artificielle destinée à accueillir un gigantesque practice de Golf...

« Alice ? Alice ? Tu m'écoutes ? ».

Alice n'écoutait plus.

« Alice, tu es là ? »

Alice répondit qu'elle comprenait et se hâta d'expédier la conversation.

Véra aussi l'abandonnait. Ils l'avaient tous trahie !

Bali !

Comme un chien retourne à son vomi, comme une junkie reprend sa seringue crasseuse, Alice s'infligea l'intolérable supplice.

Hors d'elle-même, elle tapa le nom de Juan sur Facebook.

Il avait changé son profil. Elle n'aimait pas son regard fuyant, faussement enjoué et cette hideuse chemise à carreaux jaunes et verts qui lui faisait un teint affreux. Sur la dernière photo postée, il se tenait debout devant son nouveau bureau de « manager », costume sombre, cravate de soie rouge. Agressif, superbe.

Alice fronça les sourcils. La photographie suivante paraissait si incongrue qu'elle faillit éclater de rire.

On y découvrait un Juan hilare, ceint d'un peignoir de bain d'une blancheur neigeuse posant à la sortie du spa de l'hôtel. Juan, le salaud, qui écrivait un commentaire en français et en majuscules pour faire bonne mesure !

« *RIEN NE VAUT LES MAINS DÉLICATES ET SAVANTES DES FILLES DE BALI POUR VOUS ÉMOUSTILLER ET VOUS FAIRE MONTER AU NIRVANA !!! JA JA JA !!!* »

Alice l'imaginait livré à ces geishas, jouissant de tous ses pores sous leurs doigts experts ! Une boule de désir se forma dans son ventre mais celle-ci s'évanouit comme par magie.

Elle haïssait ce qu'il était devenu !

Elle se demanda combien de temps la colère terrible qui l'habitait allait lui servir de bouclier et si elle devrait se résoudre à le haïr pour survivre. Elle savait que si elle choisissait ce chemin, elle ne pourrait plus jamais aimer.

Mon Dieu !

Elle ferma les yeux, serra les poings et aussitôt la vague destructrice s'apaisa. Une émotion trouble et puissante qu'elle n'avait que rarement éprouvée enfla dans sa gorge.

Le dégoût.

Le jet amer éclata dans sa bouche. Elle se précipita hors de la chambre pour rejoindre les toilettes, et au passage, se tordit la cheville en dévalant l'escalier.

Là, dans la maison de son enfance, alors que la chaleur du jour embrasait la campagne, elle vomit son amour, ses illusions et ses tourments.

Quand tout fut terminé, Alice se redressa, s'essuya la bouche et apaisée, se dirigea vers la cuisine d'un pas tranquille pour se préparer une tasse de thé.

Le facteur lui tendit le paquet avec un sourire. Il porta deux doigts à sa tempe et lui donna un salut militaire à l'américaine.

« Bonne journée, Madame ! »

Alice déposa le carton sur la table de la cuisine. Il contenait un énorme paquet de bonbons à la liqueur de Chartreuse d'un kilogramme et une boite recouverte de papier doré.

Si Véra la prenait par les sentiments maintenant !

Elle déchira le papier et découvrit une Bible de poche. Elle caressa la couverture souple munie d'une fermeture éclair et porta l'ouvrage à son nez pour chercher l'odeur du cuir de son enfance. Son amie avait choisi une Bible rose bonbon !

Décidément, Véra ne manquait pas d'humour !

***

Quand Laura revint de son séjour au Dramont, elle trouva sa mère maîtresse d'elle-même, apaisée et souriante.

Alice lui posa quelques questions et s'enquit même de la santé de Didier. Il lui semblait qu'elle devait faire un pas vers son mari mais elle n'arrivait pas à se décider. Elle aurait pourtant bien voulu lui annoncer la bonne nouvelle : elle venait de décrocher un entretien d'embauche.

Début juillet, elle avait répondu à une annonce de l'Office de Tourisme d'Aix-les Bains.

Le service communication recherchait une secrétaire pour une mission de cinq mois, un congé maternité anticipé qui commencerait le 1er septembre. Lors de l'entretien téléphonique, la responsable des ressources humaines avait affirmé à Alice que son profil les intéressait. Alice savait que le salaire ne serait pas mirobolant : son travail consisterait à organiser l'agenda de la directrice, à rédiger les courriers et à servir d'interface avec les différentes collectivités locales et organismes de la région.

Laura croisait les doigts. Sa mère était partie à son entretien à l'Office de Tourisme. Il fallait à tout prix qu'elle décroche ce job pour sa survie intellectuelle ! Car qu'adviendrait-il lorsque l'été serait passé ? Même si la « petite maison du lac » avait gagné en confort, il était impensable que sa mère continue de s'isoler, qu'elle s'obstine à fuir sa vie... Laura ne comprenait pas ce qui retenait sa maman de revenir vers son père.

Lui, avait changé. Il était calme mais plus enjoué. Il riait. Il était curieux de tout : prenait des cours de cuisine sur internet, courait les ateliers d'artistes... Il avait négocié une rupture conventionnelle à sa banque et avait des projets plein la tête : acheter un pied-à-terre sur Bargemon, apprendre le grec ancien... Mais tout cela restait en suspens car il attendait le retour d'Alice. Patient comme il était, songea Laura, il ne pouvait se résoudre à brusquer les choses.

Pour tromper son angoisse, la jeune fille s'aventura dans le salon à la recherche d'un bouquin et découvrit avec surprise une Bible rose sagement rangée sur une étagère. Elle fit glisser la délicate fermeture éclair et chercha les Psaumes.

Elle s'arracha de sa lecture lorsqu'elle entendit la Giulietta franchir les grilles de la propriété et s'arrêter brutalement devant la maison.

Dieu, comme sa mère conduisait vite ! Et où donc avait-elle pris cette détestable habitude de faire crisser les pneus sur le gravier ?

Elle sortit sur le perron pour l'accueillir.

Alice se dirigeait vers elle avec un sourire en coin. Vêtue d'une jupe turquoise impeccable, d'une tunique blanche peu échancrée et chaussée de sandales à talons en cuir noir verni, sa mère ressemblait à une demoiselle de bonne famille !

Un court instant, les deux femmes s'embrassèrent du regard.

« C'est dans la poche, ils devraient me confirmer leur réponse demain par téléphone ! »

Mère et fille s'étreignirent. Main dans la main, elles gagnèrent la terrasse.

Alice trouva la Bible entrouverte, posée à plat sur la table; Elle pensa à Véra et un puissant sentiment de reconnaissance l'envahit.

Quelques minutes plus tard, Laura sortit de la cuisine avec deux verres de jus d'orange. Alice était partie s'allonger sur son transat face au lac, tout près du massif de roses jaunes, ses fleurs préférées.

Laura s'approcha d'elle sur la pointe de pieds.

Vaincue par l'émotion, sa maman s'était endormie, le précieux livre entrouvert, posé sur son cœur.

En percutant la montagne, la foudre secoua la vieille demeure ; le craquement métallique s'amplifia à la surface des eaux.

Alice sortit de son lit pour fermer la fenêtre de sa chambre. Elle alluma la lampe de chevet et constata que l'électricité était coupée. En fouillant à tâtons dans le tiroir de sa table de nuit à la recherche d'une lampe de poche, elle mit la main sur sa boite de boules Quiès. Sa main effleura une enveloppe.

La lumière revint brutalement. Elle tenait entre ses doigts la carte d'anniversaire de Didier. Elle l'avait jetée là et l'avait oubliée !

Un flot d'émotions contradictoires l'envahit mais elle savait, au plus profond de son âme, qu'il était temps de faire face à la réalité.

Le temps des illusions était terminé. Réfléchir à l'avenir ? Divorcer ou revenir ? Aucun choix n'était possible si elle refusait avec obstination d'examiner la lettre de son mari, avec cette fois-ci, un minimum de sérieux et d'honnêteté.

Les éclairs continuaient de déchirer le ciel.

Elle relut le message de Didier sans s'arrêter.

Comme elle avait été aveugle ! Enfermée dans sa douleur, elle avait méprisé la main tendue, ignoré la demande de pardon, douté de la sincérité de Didier. Ce soir, sa raison lui disait qu'elle pouvait lui accorder sa confiance, mais son cœur de femme bafouée se refusait toujours à croire aux mots qui s'étalaient sur le carton.

Les lettres d'amour n'apportaient que mensonge, illusion et trahison !

La patience que Didier avait manifestée depuis leur séparation, le respect dont il avait fait preuve à son égard face à son besoin entêté de silence et de solitude pesait lourd dans la balance. Il fallait qu'elle réfléchisse. Elle ne déciderait rien sans conviction. Elle ne savait plus si elle devait faire confiance à son instinct et refusait de jouer aux dés les trente prochaines années de sa vie en pariant sur la bonne volonté de son mari.

Le peu d'amour qui lui restait, elle le gardait avec un soin jaloux pour ses enfants.

C'était dimanche et il était deux heures du matin. Elle fallait qu'elle rencontre le Père Bruno, l'ami de Véra. Qu'elle trouve un remède à la confusion qui l'habitait.

L'orage s'éloignait.

Elle posa la carte entrouverte sur la table de nuit, régla son réveil sur sept heures. Elle ouvrit la fenêtre à deux battants et replia les persiennes. Des gouttes de pluie, à la volée, rafraîchirent ses joues brûlantes. Alice s'allongea sur son lit, les paumes des mains tournées vers le ciel.

Le voile léger et frais de la nuit enfin calmée la recouvrit. A l'Univers qui se penchait pour la bénir, Alice Schneider donna, au bord du sommeil, son avenir incertain, comme une offrande de grand prix.

Chapitre 31 - Deux « oui »

Chambéry, dimanche 22 juillet 2012

L'église du Sacré Cœur avait été bâtie au milieu des années soixante sur les ruines d'une chapelle appartenant aux frères Capucins, au cœur d'un paisible quartier populaire de Chambéry : le Faubourg Montmélian. Jean XXIII et Vatican II avaient beaucoup marqué les esprits. Par voie de conséquence, animés par une vision novatrice, les architectes avaient choisi de rompre avec la tradition du plan en croix. Alice admira la forme elliptique, le campanile décalé, formé de trois croix de hauteur inégale, la colonne creuse et ses trois cloches, la longue ceinture de vitraux, mosaïque de verres rectangulaires, multicolores, reliés entre eux par un mince trait de ciment brut.

Simplicité, pureté, unité.

Elle pénétra dans le bâtiment et descendit l'allée centrale qui s'inclinait en pente légère jusqu'à l'autel de granit. Ses pieds chaussés de ballerines souples glissaient sans bruit sur le sol de lauze anthracite.

À la croisée du transept, sans y penser, elle obliqua à droite et s'installa au premier rang dans « la chapelle ». Lorsqu'elle était petite fille, c'était sa place préférée car elle pouvait observer le prêtre célébrer la messe tout en ayant un aperçu de l'assistance. Assise là, elle se sentait moins seule pour prier Dieu.

Quelques couples accompagnés de très jeunes enfants s'installèrent sur les bancs de bois clair. Les mamans firent taire les bambins qui commençaient à se trémousser. Alice remarqua la présence de nombreux membres de la Communauté du chemin de vie, reconnaissables à leur tenue chic et sobre : jupe ou pantalon beige, pull ou chemisier blancs et à la modeste croix en buis qui pendait à leur cou.

Les servants avaient prêts. Le chant d'entrée éclata.

L'église n'était pas bondée mais les gens chantaient de tout leur cœur. Les voix portées par l'excellente acoustique se turent et le Père Bruno, en chasuble verte, ouvrit grand les bras et accueillit les fidèles avec un large sourire.

« Le Seigneur soit avec vous
Et avec votre esprit
Élevons notre cœur
Nous le tournons vers le Seigneur... »

Alice baissa la tête. Son cœur était en miettes. Comment pouvait-elle élever vers Dieu ce qui n'avait plus de consistance ?

« Kyrie Eleison ! »

Oh, Seigneur, prends pitié !

Un des diacres commença la lecture.

« Puis je rassemblerai moi-même le reste de mes brebis de tous les pays où je les ai dispersées. Je les ramènerai dans leurs pâturages, elles seront fécondes et se multiplieront ; Je leur donnerai des pasteurs qui les conduiront ; elles ne seront plus apeurées et accablées, et aucune ne sera perdue, déclare le Seigneur. »[20]

La voix du récitant s'élevait encore et encore.

Les mots tranchaient dans le vif de son âme. Chirurgie précise qui la laissait sans force, exsangue, vidait Alice de sa propre substance...

« Et vous, vous étiez des morts, par suite des fautes et des péchés qui marquaient autrefois votre conduite, Et nous aussi, nous étions tous de ceux-là, quand nous vivions suivant les convoitises de notre nature humaine, cédant aux caprices de la chair et des pensées, nous qui étions, de par nous-mêmes, voués à la colère comme tous les autres. »[21]

Oui, c'était vrai !

Elle avait cédé aux caprices de sa chair, de sa nature rebelle. Elle avait piétiné sa conscience, rejeté ses amies, bafoué ses promesses, blessé ses enfants ; mais le pire, c'est qu'elle s'était reniée elle-même.

Elle avait flirté avec le mal et appelé la mort !

« MAIS Dieu est riche en miséricorde. A cause du grand amour

dont il nous a aimés, nous qui étions des morts par suite de nos fautes, il nous a donné la vie avec le Christ : c'est bien par grâce que vous êtes sauvés. »

Elle se remémora le triptyque, Bach, la prière muette dans la voiture, la main de Véra sur son front, la colombe blanche sur le ponton et le verset dans la Bible mauve, cette parole dont elle s'était moquée...

« Si quelqu'un est un avec le Christ, il est une nouvelle créature, voici les choses anciennes sont passées, toutes choses sont devenues nouvelles ».

C'est ce *mais* qui la faisait basculer vers la lumière.

Irrésistiblement.

Elle cacha sa figure dans ses mains pour étouffer les sanglots de délivrance et de joie qui montaient dans sa gorge. Lorsqu' elle releva la tête, elle vit que le Père Bruno la fixait du regard. Les yeux gris clair de l'homme de Dieu brillaient d'une lumière très douce.

Elle comprit qu'il savait.

Avant de quitter l'église, Alice se retourna une dernière fois. Les rayons du soleil, ardents, diffusaient une lumière nacrée tâchée de toutes les nuances de l'arc-en-ciel.

Une vie nouvelle l'attendait au dehors.

Sur le parvis, elle patienta jusqu'à ce que les derniers paroissiens aient pris congé les uns des autres puis s'approcha du prêtre. Elle voulait juste le saluer. Elle n'avait rien à quémander. Plus rien à exiger. Elle lui dit qu'elle avait tout reçu, qu'elle se sentait toute neuve et lui donna des nouvelles de Véra. Il était joyeux comme un enfant.

A pas tranquilles, elle regagna le parking situé dans la rue adjacente. Comme elle tournait la clef de contact, son portable vibra.

Lisa !

La vieille Alice aurait ignoré l'appel, mais les temps maudits étaient révolus.

« Allo, Lisa ! »

Bargemon, dimanche 22 juillet.

Didier fourra son téléphone dans sa poche. Il tremblait d'excitation et les larmes de soulagement lui brouillaient la vue.

Après un mois de silence, son Alice venait de refaire surface !

Il se trouvait au mazet et s'apprêtait à boucler son sac quand son nom s'était affiché sur son portable. Il ne savait pas à quoi s'attendre... Cette conversation allait-elle signer la mort de leur mariage ?

Elle commença d'une petite voix enjouée, où perçait une pointe d'hésitation. Il fut attentif à ne pas l'interrompre. Elle lui annonça qu'elle avait décroché un job puis, comme une équilibriste, lui ouvrit son cœur. Il fallait qu'ils se parlent... Elle n'en pouvait plus de ce silence. Mais elle ne voulait surtout pas s'épancher au téléphone. A midi, Lisa lui avait annoncé qu'un couple venait d'annuler, à la dernière minute, sa participation à la retraite de couples. Leur amie proposait de les inscrire immédiatement. Était-il au courant ? Ah, quand Lisa avait une idée dans la tête, c'était quelque chose ! Mais, lui, que voulait-il, lui ?

D'une voix étranglée par l'émotion, il lui avait répondu oui.

Un oui qui, comme un vin rond et parfumé, remplissait sa bouche, s'insinuait dans ses veines, embrasait son imagination. Un oui plein, entier, vibrant.

Il lui avait même proposé de payer les arrhes ! Aucun problème avait-elle répliqué, avant d'ajouter un timide merci. Seulement voilà, elle mettait une condition à sa participation. Elle rentrerait dormir aux Acacias. Pas question de faire du camping !

Elle avait prononcé le mot « condition » avec un zeste d'agressivité. La peur de l'inconnu sans doute ?

La colombe ne serait pas facile à apprivoiser !

Mais, avait-elle conclu, il pouvait très bien monter à Conjux deux trois jours avant le début du camp. Il dormirait dans le salon.

Oui, il fallait qu'ils parlent, avait-elle redit avec obstination. Et s'il voulait en profiter pour faire un peu de bricolage, il était le bienvenu...

Elle avait ri, moqueuse, mais sa voix s'était faite presque tendre quand elle lui avait souhaité une bonne nuit.

Elle l'avait à peine laissé placer un mot. Et il aimait ça !

Alice, passionnée, entière, vivante. Et toujours un peu imprévisible...

Didier passa le portail bleu. La nuit tombait. Il secoua la tête. Cette maison vide n'avait pour lui aucun intérêt sans la présence d'Alice à ses côtés.

Sa femme lui revenait. Il se réjouissait qu'elle ait trouvé un job mais se demandait comment il allait négocier cette délicate période de transition.

Si tout se passait comme il l'espérait, il se retrouverait libre comme l'air dès la mi-septembre. La rupture conventionnelle qu'il avait négociée avec sa direction s'assortissait d'une prime conséquente qui leur permettrait de voir venir...

Il consulta son agenda. La session commençait le 6 août et durait une semaine. Trois jours à Conjux avec Alice suffisaient amplement. Il ne voulait pas s'imposer. Il n'avait pas de stratégie pour la reconquérir. Son amour pour elle était sa seule boussole et l'Amour extravagant du Christ sa seule garantie.

Malgré l'heure tardive, il appela Lisa et lui raconta ce qui venait d'arriver. Pour toute réponse, elle éclata de rire.

Sa joie communicative lui fit du bien.

Chapitre 32 - La femme qui danse

Villa des Acacias, 4 août 2012

Didier avait du mal à se souvenir de la maison de Conjux telle qu'il l'avait toujours connue.

En l'espace de deux mois, Alice avait accompli un travail remarquable, titanesque! La demeure avait gardé son côté solide et rassurant mais la décoration toute en finesse, les tendres nuances de bleu et de gris perle, la qualité des matériaux choisis, la douceur du bois clair l'avaient définitivement dépouillée de son aspect sévère et rustique. Jusqu'à maintenant, il n'avait jamais mesuré à quel point cette demeure était poussiéreuse, encombrée...

Avant.

La tyrannie de l'habitude, sans doute !

Cela lui rappelait sa propre existence.

Avant...

Jour après jour, mois après mois, année après année, il s'était colltiné sa vie comme un idiot, comme un « Charlot ». A chaque aube naissante, il s'était contenté d'enfiler des costumes gris tous identiques qui s'accordaient à sa mélancolie. Des tenues chics, ternes, dépourvues d'originalité, suintant l'ennui. Quand Alice l'avait quitté, fou de douleur, il avait été pris d'un accès de rage et les avaient tous jetés dans une benne à ordure... Oui, même les «Armani». ! Et c'est au sortir de cette crise de désespoir que ses yeux s'étaient ouverts sur l'état d'hébétude dans lequel il s'était lui-même plongé, par la vertu de sa propre passivité. Par la grâce de Dieu, il avait secoué le joug et fait valdinguer les mauvaises habitudes qui l'avaient réduit en esclavage et avaient ruiné son mariage.

Depuis deux jours, il dormait en solitaire sur un canapé qu'il n'avait ni choisi, ni payé, mais par chance, il partageait tous ses repas avec Alice et Laura, ce qui constituait déjà un progrès ! La présence de leur fille les contraignait, Alice et lui, à bavarder de choses et d'autres sur un ton léger et amical. Les « grandes questions » restaient en suspens mais il croyait dur comme fer que la retraite à l'Abbaye d'Hautecombe représentait une étape décisive pour discerner ensemble la direction qu'ils devaient emprunter s'ils voulaient reconstruire leur couple.

Alice était partie rendre visite à leur voisin. Pour remercier le Père Mollard de l'avoir aidée à tondre la pelouse, elle avait acheté la veille, au marché d'Aix-les-Bains, un cageot de dix kilos d'abricots bien mûrs. Le vieil homme adorait réaliser des confitures-maison et c'était peu de chose, avait-elle confié à Didier, comparé aux services qu'il lui avait rendus depuis son arrivée ici.

Une flopée de cumulus gris fer se pressaient entre les montagnes. Leur présence atténuait l'ardeur des rayons du soleil. Une brise rafraîchissante s'était mise à souffler du nord créant à la surface des eaux un tapis irrégulier de ridules argentées tranchantes comme des lames de rasoir. Une écume éphémère venait lécher les piliers du ponton, ce ponton où, été après été, sa femme et ses enfants s'étaient amusés, avaient ri ensemble, avaient vécu leur vies.

Sans lui.

Didier haussa les épaules pour secouer le souvenir des occasions manquées. Il était temps d'arrêter de rêvasser !

Il se dirigea vers l'abri-jardin en bois.

C'était sans doute le père Mollard qui avait sorti l'incinérateur pour brûler quelques brindilles et l'avait laissé là, en plan... Tout autour de la cabane, la tonte de l'herbe avait été négligée.

Les battants de la porte, un peu défoncés, coulissèrent avec difficulté.

Il allait pénétrer dans l'abri quand un carré de carton grisâtre, fiché entre deux planches attira son attention. Il l'arracha d'un coup sec.

Une photo d'identité.

De son pouce, Didier essuya la fine couche de poussière et découvrit le visage d'un jeune homme qui souriait. Il devait avoir dans les vingt ans. Il respirait la joie de vivre, le charme et l'arrogance de la jeunesse.

Juan !

Didier sentit son estomac se contracter.

Alice ne lui avait jamais parlé en détail du contenu du coffret qu'elle cachait au fond de leur armoire depuis trente ans.

Par indifférence et par paresse, il n'avait jamais posé de question précise, encore moins tenté de briser son secret en forçant le minuscule cadenas doré. Il avait appris, au début de leurs fiançailles, qu'elle avait correspondu pendant six ans avec un étudiant argentin, que ces deux-là s'étaient fait des promesses et que tout s'était terminé à cause de la dictature. Mais dans sa naïveté, il avait choisi de regarder les confidences de sa femme avec un brin d'amusement, voire de mépris : amours adolescentes, rêveries de jeune fille... Sans conséquences...

Tu parles !!!

Perdu dans ses réflexions, il n'entendit pas Alice s'approcher.

« J'ai tout brûlé, tu sais... Tout ! »

Non, il ne savait pas. Il ne savait rien !

Soudain, il s'attendait à un miracle...

C'est elle qui vint à lui.

Il sentit ses seins souples et chauds épouser son dos en sueur. Il la désirait soudain si fort qu'il se retourna et l'attira doucement à lui. Elle ne résista pas.

Il posa un baiser léger sur ses lèvres. Tout à coup, il eut peur de s'être encore trompé. Il recula d'un pas.

En plongeant dans le regard myosotis où se noyait un mélange de surprise et d'attente, il comprit qu'elle cherchait son chemin pour revenir à lui.

« Bon, quand tu auras fini de ranger les outils, tu peux venir boire une bière bien fraîche... Il y a aussi un régal à la framboise en prime ! Je l'ai acheté chez Chanvillard. »

Sa voix était douce, tremblait un peu. Elle tourna les talons. Il la suivit du regard alors qu'elle remontait en direction de la maison.

La femme de sa vie marchait comme on danse, le dos droit, la tête levée vers le ciel...

Didier déchira la photo et la jeta dans l'incinérateur. Il comprit soudain la raison de cet autodafé.

Alice avait brûlé son passé pour purifier son cœur.

Ébahi, il mesura le sacrifice insensé qu'elle avait consenti pour se libérer de ses propres chaînes.

Et il fondit en larmes.

LA TERRASSE DU ROI

Chapitre 33 - Révélations

Abbaye de Hautecombe, 8 août 2012

Alice passa sous le porche en pierre et traversa un bout de prairie pour rejoindre le village de toiles blanches. A l'arrière des tentes, le gigantesque chapiteau circulaire rayé de rouge luisait sous les rayons du soleil matinal. Elle se hâta. La plupart des participants qui campaient à flanc de montagne avaient déjà pris place pour le petit déjeuner.

Elle pénétra sous la tente numéro 8 et chercha Didier du regard. Il était en grande conversation avec un membre de leur « groupe de parole ».

Elle se servit un bol de café fumant et rejoignit la tablée.

Lorsqu'elle s'installa près de son mari, sa cuisse frôla la sienne. Il se tourna vers elle et lui planta un rapide baiser sur la joue. Elle accueillit ce geste avec bienveillance. Ses défenses cédaient. Etait-ce le fruit de ces deux jours de retraite ?

« Hello tout le monde ! » s'écria-t-elle d'un air enjoué.

Le couple malgache lui sourit. On la complimenta sur sa bonne mine.

Elle avala une gorgée de café brûlant. Dieu ! Elle n'avait jamais bu quelque chose d'aussi immonde ! Un jour nouveau s'ouvrait à eux, vierge et chargé en même temps de tous les possibles.

En grignotant sa tartine de confiture à la fraise, elle se remémora les deux journées écoulées.

Rencontre, rêves, réalité, regrets, rejet, risques, repentance, restauration, reconstruction, reconnaissance.

Les orateurs avaient articulé leurs interventions autour de dix thèmes qui commençaient par la lettre R. En s'appuyant sur la méditation des Évangiles et des paraboles, sur la psychologie et les témoignages des uns et des autres, ils bâtissaient peu à peu le cadre qui permettait aux couples de renouer le dialogue et à chaque personne de faire le point sur sa propre vie.

Au sein de petits groupes, ils avaient tous évoqué leur rencontre et les rêves entretenus pendant les premières années de vie commune.

Alice ne put s'empêcher de sourire en repensant à sa rencontre avec Didier.

C'était à l'automne 1979, au restaurant universitaire où elle avait ses habitudes tous les midis. Didier faisait la queue derrière elle et leurs plateaux se touchaient. Soudain, une onde de choc venue de nulle part avait propulsé l'orange de Didier dans l'assiette de purée d'Alice avec un gros *splash*... Elle s'était esclaffée et avait gentiment grondé le jeune homme. Lui, pâle et bien trop poli, s'était excusé mille fois. Elle lui avait tendu l'orange après l'avoir essuyée avec sa serviette en papier et quand il l'avait dévisagée en murmurant un timide merci, elle avait lu tant de détresse, tant d'espoir et tant de bonté dans ses yeux verts qu'elle avait délaissé ses amis pour manger sa purée refroidie en sa compagnie !

Didier poursuivait sa conversation avec son voisin de table.

Le besoin de le toucher la surprit. Elle posa sa main sur son bras.

« Eh, tu te rappelles, on est de corvée de vaisselle ce matin !

— Ok ! A vos ordres, mon Général ! »

Il lui adressa un clin d'œil tendre et complice. Au sortir de la tente, il se rapprocha et la prit par la taille. Elle se laissa faire. Décidément, la vie était pleine de surprises !

« Si je me tais, Oh, j'apprendrai
A écouter la voix du bon berger,
Quand je l'entends, Oui, je comprends
Qu'il a payé pour ma liberté.
Quand je t'ouvre mon cœur,
Je te vois, Seigneur,
Quand je t'ouvre mon cœur,

Je t'entends me parler
Et ta voix dans mon cœur
Toujours demeure
Et ta vie à chaque heure,
Coule comme un torrent. »

Ah, ces chants qui bouleversaient son cœur ! Qui faisaient fondre ses résistances !

Plusieurs fois, au cours des sessions précédentes, elle avait dû quitter le chapiteau pour ne pas éclater en sanglots devant tous. Elle courait se cacher derrière un gros marronnier tout proche et restait là, le front contre l'écorce rougeâtre, attendant que ses larmes tarissent. Curieusement, à chaque fois qu'elle rejoignait Didier, elle se sentait comme allégée, différente, plus forte.

Elle ne comprenait pas vraiment ce qui se passait dans son être profond. Elle savait seulement qu'elle guérissait.

Daniel et Lisa avaient pris place sur l'estrade et se dirigeaient ensemble vers l'emplacement réservé aux orateurs.

Didier et Alice échangèrent un regard surpris... Qu'avaient-ils donc à raconter, ces deux-là ? Leur vie semblait si lisse, si sereine...

Lisa s'avança vers le micro et salua l'assistance. Puis, elle commença son récit. La voix douce, dont Alice connaissait les inflexions, vibrait d'une émotion contenue.

« Voilà, je me présente, je m'appelle Lisa. Je suis mariée depuis trente ans à Daniel. Nous avons souhaité inaugurer le thème de ce matin qui s'articule autour du rejet et du pardon en vous offrant notre témoignage. C'est une histoire banale à notre époque mais tous les couples n'ont pas la chance d'en réchapper. Nous sommes la preuve vivante que Dieu agit au plus profond des cœurs et qu'il accomplit des miracles.

Il y a cinq ans, notre couple a affronté une crise.

A l'époque, Daniel travaillait dur pour restaurer la demeure familiale « la Bastide des Oliviers » où nous sommes installés depuis dix ans. En fait, nous étions tous les deux surchargés, au bord du burnout, mais nous faisions semblant de l'ignorer. Moi, je donnais des cours d'aquarelle à des adultes, j'aidais Daniel au magasin et j'acceptais souvent de gros contrats de traduction qui me tenaient éveillée une partie de la nuit. Tous les deux, nous sentions que quelque chose n'allait pas mais nous étions trop occupés ou trop aveugles pour nous arrêter et réajuster nos vies.

Un beau jour, un de mes élèves, un homme divorcé brillant et sympathique, m'a demandé de lui donner des cours particuliers d'aquarelle. Je n'ai pas réfléchi, je n'ai pas prié, je n'en ai même pas discuté avec Daniel. J'ai dit oui.

Nous avons pris l'habitude de nous retrouver chez lui chaque semaine, pour une séance de deux heures. Au bout de deux mois, nous étions devenus les meilleurs amis du monde. Il me proposait parfois de partir en balade et de planter nos chevalets en pleine nature. En tout bien tout honneur. Peu à peu, je commençais à le voir de manière différente. J'étais flattée qu'il prenne mon art en considération.

Il commença à m'offrir des petits cadeaux, des babioles, quelques tubes de couleur, un livre... Lorsqu'il me donna une broche en émaux, j'étais déjà tombée sous son charme. Nous sommes devenus amants. J'étais amoureuse de lui. Je ne contrôlais plus mes sentiments. Je savais que ce que je faisais était « moche » mais je me donnais des excuses. Après tout, Daniel ne s'intéressait pas beaucoup à moi... A la maison, je faisais des efforts surhumains pour me comporter normalement. Je continuais à m'occuper du magasin... Mais je savais dans mon for intérieur que cette situation ne pouvait pas s'éterniser. J'avais honte de mentir, honte de mon double-jeu.

Au bout de trois mois, mon amant m'annonça brutalement qu'il était muté à Bordeaux. Ma petite aventure se terminait et mon univers s'écroulait. J'étais furieuse, blessée, brisée. Je savais que cette relation était vouée à l'échec mais je me sentais trahie. Dans les semaines qui suivirent son départ, je suis tombée en dépression. Daniel ne comprenait rien et après bien des hésitations, j'ai décidé de lui avouer mon infidélité. Je voulais tout mettre à la lumière mais j'ignorais comment il allait réagir. J'avoue que j'étais terrifiée à l'idée qu'il me rejette. »

Daniel se rapprocha du micro.

« Moi, je n'avais rien vu ! Vous savez comment sont certains hommes !»

L'assistance fut secouée de petits rires.

« J'étais de ceux à qui il faut une bonne leçon pour qu'ils réalisent l'état de leur mariage ! Quand Lisa m'a avoué sa liaison, je suis tombé des nues ! Je savais bien que je n'étais plus un bon mari pour elle. Je n'étais plus aussi attentionné ; il n'y avait plus que le travail et les réparations de la bâtisse qui comptaient... Je vous avouerai que j'ai eu du mal à encaisser le choc. J'étais tour à tour furieux contre elle, contre moi, contre mon ancien rival, et aussi très en colère contre Dieu qui ne m'avait pas « averti à temps » qu'un désastre se profilait à l'horizon... Vous voyez le genre... Je ne savais pas comment réagir...

Nous avons décidé de nous séparer pour un temps. Je suis parti vivre dans un mazet sur notre propriété. Au magasin, nous nous croisions à peine... Là, j'ai vécu des moments de remise en question terribles. Et puis, au bout d'un mois, j'ai pris une décision. Entendez bien ce que je dis là : une décision. Celle de pardonner et de faire le premier pas. C'était illogique, absurde et risqué mais je l'ai fait car j'étais convaincu que c'était la voie royale, la voie de notre Seigneur ».

Sous le chapiteau, on aurait pu entendre une mouche voler. Quelques personnes se mirent à pleurer doucement.

Alice retenait ses larmes. Elle revoyait Lisa à l'Excelsior, le jour où elle avait éparpillé les photos de Juan sur la table... Lisa, toute en retenue, frappée dans sa chair par les confidences de son amie, n'essayant même pas de lui faire entendre raison...

Daniel fit une pause et se tourna vers sa femme qui poursuivit son récit.

« Quand Daniel m'a annoncé qu'il me pardonnait, je n'arrivais pas à le croire, je me disais que c'était une manipulation et que si je revenais vers lui, il me ferait « payer » mon infidélité tôt ou tard ! J'avais peur et je ne savais pas vers qui me tourner. Je redoutais le jugement des autres ; j'avais aussi peur de revenir à Dieu. Je voulais qu'Il me pardonne mais je ne savais pas comment demander pardon. Tout me paraissait insurmontable et compliqué. Mais la bonne nouvelle, mes amis, c'est qu'accepter le pardon n'a rien de compliqué ! C'est long parfois et difficile mais pas compliqué.

Il nous a fallu plusieurs mois pour guérir. Pour assumer notre histoire et surtout pour nous pardonner nous-mêmes. Maintenant, notre vie est plus équilibrée. Nous avons tiré des leçons et mis en route des changements dans nos habitudes, dans les détails de notre vie quotidienne, rectifié nos attitudes l'un envers l'autre. Désormais, nous sommes convaincus que notre conjoint est notre priorité absolue. Nous croyons que l'Esprit de Dieu, qui vit en nous, peut nous donner le désir et la force de nous aimer toujours plus.

Voilà ! Si vous voulez nous parler, nous sommes, bien entendu, à votre disposition après cette session. Nous vous attendons à la buvette. N'hésitez pas à venir partager... Merci beaucoup de votre attention. Dieu vous bénisse ! »

A la buvette, Lisa attendait, sagement assise à une table de fer forgé blanc. Quand elle aperçut Alice, ses yeux s'emplirent de larmes.

Elle était là, son Alice. Miraculée, pleine de cicatrices, mais plus vivante que jamais.

« Bonjour Lisa, tu vas bien ?

— Bonjour Alice, c'est bon de te voir ! Nous nous sommes croisées l'autre soir à votre arrivée, mais vois-tu, nous sommes tellement occupés ! Pardonne-moi de ne pas avoir pris plus de temps pour toi. »

Alice fit un vague geste de la main pour monter à son amie que cela n'avait pas d'importance. Elle voulait aller droit au but.

« Lisa, je ne savais pas pour toi et Daniel. Je suis toute bouleversée par ce que j'ai entendu tout à l'heure ! Maintenant, je comprends mieux la manière dont tu as réagi lorsque je t'ai annoncé que j'avais retrouvé Juan. Mais pourquoi ne m'as-tu pas raconté ton histoire ? Peut-être que cela m'aurait interpellée ? »

Lisa esquissa une moue dubitative et secoua ses boucles brunes avec véhémence.

« Écoute Alice, j'ai hésité à t'en parler mais dans l'état où tu te trouvais à ce moment-là, je savais pertinemment que tu n'en ferais qu'à ta tête ! Tu étais hors de toi, ma belle. Rien, ni moi, ni personne n'avait le pouvoir de te faire dévier de ta trajectoire. La passion amoureuse transfigure la réalité. Rien n'a plus d'importance que l'objet de notre désir. Il faut se casser la figure pour réaliser son erreur. Quand je t'ai vue avec tes photos, le jour de notre déjeuner à l'Excelsior, j'ai compris que tu étais perdue. Plutôt que de chercher à te raisonner, j'ai choisi de me taire et de prier pour toi et ton mari. Je ne voulais pas que tu prennes une décision pour me faire plaisir, parce que la morale l'exigeait... Je savais que tu devais guérir de ton passé et que le moment de Dieu viendrait.

— Merci Lisa pour ta franchise. Tu sais, si je participe à cette session de couple, c'est de mon plein gré ! J'ai accepté parce que je suis intimement persuadée d'une chose, c'est que j'ai encore un long chemin à parcourir pour trouver mes marques. Ce qui est terrible, vois-tu, Lisa, c'est que le pardon de Didier, le pardon de Dieu ne me suffisent pas...Tu as dit qu'il fallait aussi se pardonner à soi-même. Mais comment fait-on Lisa ? C'est si dur ! Si dur ! »

Alice éclata en sanglots.

Alors, sans réfléchir, Lisa se leva et contourna la table. Déchirée, tremblante, Alice se jeta dans ses bras.

Les deux femmes restèrent un moment enlacées sans parler.

Lisa s'écarta. Elle prit le menton de son amie entre ses doigts et planta son regard dans le sien.

« Tu n'es qu'une femme, Alice ! Une femme ! Avec ses faiblesses et ses forces. Personne ne t'oblige à être parfaite. Dieu t'accepte et t'aime comme tu es. Apprends à te faire miséricorde, comme Jésus t'a fait grâce. »

Alice poussa un faible gémissement : c'était comme si une main invisible arrachait une vieille écharde de son cœur.

Elle se revit, à cinq ans, à dix ans, à quinze ans, quand elle cherchait en vain, avec une ardeur désespérée, à apaiser une mère sans cesse insatisfaite, à faire le bonheur d'une femme qu'elle apprenait peu à peu à détester pour ne pas mourir. Alors, elle comprit le message que son amie voulait lui transmettre.

« Merci ! »

C'était tout à la fois un chuchotement inaudible et une proclamation. L'unique mot qui lui venait en tête. Le seul capable d'exprimer l'intense soulagement qui la rendait à elle-même. Ou plutôt, ce sentiment étrange, de gratitude, qu'elle découvrait prêt d'éclore dans son âme régénérée.

Quand Alice rejoignit Didier à la tente 8 pour le déjeuner, elle avait pris sa décision.

Chapitre 34 - Trois lettres

Abbaye de Hautecombe, 10 août 2012

La terrasse du Roi de l'Abbaye de Hautecombe, bâtie au sud, est un lieu magique.

Les touristes n'y ont jamais accès sauf pendant les Journées du Patrimoine, mais les membres de la Communauté et les participants aux sessions ont le droit de jouir de cet endroit hors du monde, hors du temps... On ne peut mesurer le privilège qui nous est accordé qu'après y avoir médité au lever du jour, quand les roses s'ouvrent de nouveau à la vie ou s'être assis sur un banc, près du belvédère et avoir contemplé l'or du couchant comme fondu aux eaux mystérieuses et changeantes du lac.

Alice traversa le cloître, le lieu où elle aimait se recueillir et écrire son journal aux heures de canicule. Elle jetait son dévolu au hasard sur un pilier, s'asseyait en tailleur, comme lorsqu'elle était adolescente, puis collait son dos à la pierre fraîche pour ressentir les intimes vibrations des temps anciens.

Et là, elle attendait.

Un souffle passait sous les arches, courait dans ses veines : les prières des moines bénédictins imprégnaient ces murs, murmurant à son âme assoiffée leur message d'espoir.

L'air était saturé de paix.

Quand elle franchit la haute porte qui donne sur la Terrasse du Roi, Alice ne s'attendait pas à être forcée par une telle splendeur. La lumière crue inondait les allées du jardin à la française, faisant miroiter les cailloux de quartz blanc ratissés avec soin. Les rosiers croulaient sous leurs fleurs, ployaient sous une débauche de couleurs et de formes. Senteurs musquées, vanillées, de fruits rouges, fragrances doucereuses, tendres, sensuelles.

Violence et légèreté imbriquées : comme la vie, comme l'amour.

Au loin, après le belvédère, le regard du promeneur était comme aspiré par les eaux vertes qui léchaient les berges rocailleuses interdites de baignade, une vingtaine de mètres plus bas.

A l'ouest, contre le mur d'enceinte, les jardiniers avaient imaginé un espace « à l'anglaise » : un lieu de repos sous les ombrages. Chèvrefeuilles, jasmins et églantiers y exhalaient leur franc parfum.

A l'abri des regards, sous la verdure, Alice se dirigea vers une table inoccupée et tira une chaise en métal ouvragé.

Elle avait du travail ! Trois lettres à rédiger avant cinq heures du soir.

Elle scellerait la première sous enveloppe à son nom et la donnerait en main propre à son responsable de groupe. Elle mettrait sans doute la deuxième dans l'urne posée au centre de la terrasse. La troisième était destinée à Didier.

« Charité bien ordonnée commence par soi-même »

Une première lettre pour se dire qu'on se pardonne, qu'on accepte ses faiblesses et qu'on se donne le droit de recommencer.

«Alice Morizet-Schneider, je te pardonne. Tu as mal agi certes, mais cela ne change rien à l'amour que Dieu a pour toi. Tu es pardonnée. Tu peux repartir à zéro. Tu es libre d'aimer. »

C'était court mais suffisant. Juste une piqûre de rappel au cas où le doute reviendrait la tarauder...

La seconde lettre maintenant !

Accorder et dire son pardon à quelqu'un qui vous a blessé.

Votre conjoint ? Un parent ? Une amie ? Un amant ? Un collègue de travail ? Autre ?

L'énoncé de l'exercice lui arracha un violent haut-le-cœur.

Lisa avait affirmé que c'était difficile, pas impossible !

Devait-elle jeter son courrier dans l'urne pour qu'il soit brûlé ou allait-elle garder la lettre pour l'adresser plus tard à son destinataire ?

Sans hésiter, elle choisit l'urne

Les larmes jaillirent, inondant la feuille quadrillée. Le papier était tout gondolé mais elle s'en fichait !

Elle accomplissait là une terrible besogne, impensable, par amour pour l'Amour, pour le prix de sa délivrance et pour trouver enfin la paix.

« Juan,

Je te pardonne. Tu ne me dois plus rien. Je te souhaite sincèrement une meilleure vie. Je dépose tout le désespoir que notre malheureuse « liaison » a engendré. Je te donne mon pardon pour tes mensonges, tes faux-semblants, le mépris avec lequel tu m'as traitée. Je renonce à toute attente te concernant. Pardonne-moi d'avoir cédé à tes avances et de t'avoir même provoqué et encouragé dans cette voie.

Va en paix, Juan. Je ne t'oublierai jamais mais tout va bien maintenant.

Adios, amigo. Alice ».

Surtout ne rien attendre en retour !

Tout à l'heure, elle irait déposer ce courrier dans la belle urne en bois clair. Elle ne se réconcilierait sans doute jamais avec Juan. Cela importait peu. Son âme à elle était pure et vaillante. Il ne serait pas sage de reprendre contact même une seule fois. L'enfer était pavé de bonnes intentions.

On ne pouvait tenter le diable impunément.

La troisième lettre était destinée à son mari.

L'exercice était périlleux. Elle devait rédiger « une lettre d'amour » !

Elle se sentait désespérément vide et sans force. Didier n'aimait pas la littérature, les grands serments et les héroïnes romantiques. En trente-deux ans de mariage, elle ne lui avait jamais adressé que deux cartes d'anniversaire qu'il avait parcourues d'un air distrait !

Arriverait-elle à le rejoindre si elle laissait parler son cœur ?

Énervée, Alice ramassa son stylo, son bloc et décida de marcher jusqu'au potager. Elle longea un mur de pierres sèches sur une centaine de mètres et pénétra dans l'enclos. Sur sa droite, elle trouva un banc.

Ici, le temps s'arrêtait.

Un gardénia à fleurs doubles, toutes en rondeur, lui faisait face. Comme un hasard, comme une évidence... Villa Gardénia.

Alice sourit.

L'Ile rouge, sa plage, la Villa blanche, son foyer, son midi...

Prisonniers depuis tant d'années de son cœur malade, les mots jaillissaient, se bousculaient maintenant, maladroits et sincères.

« Mon Didier, mon époux, amour de ma jeunesse,

Lorsque je t'ai choisi, je l'ai fait contre vents et marées, contre ma mère d'abord, qui t'a tant accablé et fait souffrir de son mépris et de sa jalousie, contre ma classe sociale, car qui aurait voulu parmi les miens d'un fils de modestes éleveurs franc-comtois, même diplômé de fraîche date ?

Je t'aimais Didier, sans retenue, sans comprendre que l'amour est fragile et exigeant. Je t'ai toujours aimé, en égoïste et en rebelle, en petite fille effrayée par la vie, avec maladresse parfois. Quand nous nous sommes éloignés l'un de l'autre, je continuais de t'aimer à ma manière, avec rage. Je croyais qu'en te faisant souffrir, je me prouverai à moi-même que cet amour était mort... et j'avais tort. Nous avons affronté tant d'épreuves, mon amour. Je suis fière de la manière dont tu as traversé celle de notre séparation. Tu es un homme honnête et courageux, un père aimant. Tu es devenu le mari solide et rempli de foi que j'attendais. Tu m'es redonné comme un cadeau de grande valeur.

Je mets ma main dans la tienne. Je sais que désormais nous ne sommes plus seuls pour affronter les tempêtes.

« Car la corde à trois fils ne rompt pas facilement ».[22]

Prenons notre temps pour reconstruire notre foyer. Il nous reste encore de belles années à vivre et tant d'êtres merveilleux à chérir ensemble.

Ta femme pour toujours. Alice. »

Chapitre 35 - Donne-moi ta main.

Abbaye de Hautecombe, 11 août 2012

La soirée de réconciliation allait bientôt prendre fin. Au pied de la croix, quelques couples s'attardaient, main dans la main.

Alice avait remis sa lettre à Didier. Par pudeur, il s'était écarté d'elle pour la lire. Quand il l'avait rejointe, elle avait remarqué que ses yeux étaient comme brûlés de larmes. Il lui avait murmuré à l'oreille qu'il n'avait pas de lettre à lui donner parce qu'il avait mis tout son cœur et son amour dans la carte d'anniversaire mais qu'il avait une surprise pour elle...

Ils s'étaient approchés ensemble de la table où Dom Pietro dédicaçait son dernier ouvrage : *Le temps de la Grâce*. L'abbé les avait embrassés tous deux et leur avait souri. Il avait griffonné de sa belle écriture élancée une dédicace personnelle.

« Il faut parfois bien des années pour découvrir qu'Amour et Liberté ne font qu'un ». Et il avait signé PAX.

Avant de franchir la porte qui menait au cloître, Alice et Didier s'étaient retournés une dernière fois pour admirer la terrasse du roi.

La lune, pleine, caressait les eaux sombres qui prenaient par endroits, près des berges d'herbes folles, un reflet laqué incomparable. La grande croix projetait son ombre protectrice sur les parterres de roses et sur les hommes.

Didier prit la main d'Alice et l'entraîna. Ils passèrent les grilles de l'abbaye, traversèrent les parkings en silence. Quand ils atteignirent la Grange aux dîmes, ils s'arrêtèrent sous l'unique réverbère et s'enlacèrent.

« Ferme les yeux ! J'ai une surprise pour toi... »

Alice s'exécuta. Elle avait confiance. La peur viscérale l'avait quittée.

Didier s'empara de sa main gauche.

Elle sentit un anneau glisser à son doigt. Ce n'était pas l'alliance de sa jeunesse qui la serrait un peu et qu'elle avait jetée au fond du tiroir de sa commode un jour de grande colère...

« Ouvre les yeux, maintenant, ma chérie ! »

Trois fins anneaux d'or unis entre eux par une poussière de diamant luisaient doucement... Comme une promesse.

Didier attendait.

Elle leva son visage vers lui comme une offrande.

Didier remarqua les fins sillons apparus à l'angle de ses yeux. De minuscules fils d'argent, emprisonnés dans la masse de sa chevelure, ondulaient près de sa tempe. Il se dit qu'il ne saurait jamais vraiment ce qu'elle avait enduré.

Un oiseau de nuit hulula.

Surprise, Alice fit un pas en avant. Elle scella leur avenir en lui tendant ses lèvres.

Chapitre 36 - Visite sur l'Ile Rouge

Le Dramont, septembre 2012

Trois jours plus tard, Didier reprit le chemin du midi. Il était déterminé à mettre ses affaires en ordre. Il avait du pain sur la planche.

Il tria son courrier. Quelques factures, des tonnes de publicité et une enveloppe qui portait le logo constitué des deux G entrecroisés. Didier fronça les sourcils... Que pouvait bien lui vouloir les Gardelli ? Un frisson d'inquiétude lui parcourut l'échine...

« Olivier Massart, Président de la Communauté d'agglomération de Saint-Raphaël

Fabrizio di Gardelli, Président Directeur Général du groupe Gardelli

Antonio Giotti, chargé d'opérations du groupe Giotti.

ont l'honneur de vous inviter à l'inauguration du restaurant

« Villa Gardénia »,

Le 4 septembre 2012 à 18h.

Un cocktail dînatoire original, conçu par le Chef Emilio, clôturera ces moments.

Pour accéder au Port de l'Ile rouge, une navette spéciale sera mise à la disposition des invités dès 17h30, plage du débarquement (Le Dramont).

Réponse souhaitée avant le 25 août.

Didier fit claquer le carton entre ses doigts. Il était partagé entre la déception et le soulagement. Cette Villa Gardénia ne leur avait apporté que des problèmes... Il ne se rendrait pas à l'inauguration.

Il avait aussi une excuse valable. Son supérieur lui avait téléphoné pour le prévenir que son départ anticipé était acté par la direction générale. Didier devait se présenter le 3 septembre à l'agence de Cannes pour signer des papiers et faire la connaissance de son remplaçant, un cadre détaché par l'agence de Reims. On lui demandait de consacrer quelques semaines au bouclage des dossiers les plus urgents. Les périodes de transition rendaient toujours la hiérarchie nerveuse...

Didier haussa les épaules. Rien de tout cela n'était bien grave !

Par correction et par amitié pour Fabrizio, qui l'avait beaucoup soutenu au moment du départ d'Alice, il décrocha son téléphone et laissa un message.

Le lendemain, il reçut un texto de l'homme d'affaires.

« Cher Didier, dommage pour le 4 septembre. Venez à la Villa le 7 au soir si vous voulez, c'est moi qui invite ! Comment se porte votre épouse ? Bien à vous. Fabrizio DG »

Il embarqua au "Port de l'Ile rouge". Un nom prédestiné et tellement banal ! Il secoua la tête. Et dire que cet endroit existait parce qu'il avait accepté, lui, le modeste Didier Schneider, de céder un bout de sa propriété à un puissant groupe de travaux publics !

La vedette s'éloignait de la côte à petite vitesse. Didier se retourna pour admirer la Villa blanche. Il songea à la maison de Conjux... Il espérait de tout son cœur qu'Alice accepterait de renoncer à son refuge pour retrouver leur vie ici. Il était resté si longtemps aveugle à la beauté du site, au flamboiement extravagant des rochers.

Il mesura ce qu'il aurait perdu, s'il l'avait perdu, elle.

Au détour d'une barre rocheuse, la Villa Gardénia se dévoila, majestueuse. Sur la gauche, les serres, cathédrales baroques de verre et d'acier, fortes et fragiles à la fois, se dressaient, prêtes à affronter tous les vents contraires.

Didier mit le pied sur le ponton.

Fabrizio s'avançait vers lui, la main tendue. Pantalon de lin beige, chemise en coton blanc immaculé. Didier se demanda pour quelle raison Alice n'était pas tombée sous son charme au lieu de s'accrocher à « l'autre ». Il se dit que tout était bien ainsi. Qu'il avait eu de la chance qu'elle lui préfère une illusion. Il n'aurait sans doute pas pu lutter contre un rival de cette trempe !

« Didier, quel plaisir de vous revoir ? Vous avez bonne mine ! Et Alice, comment se porte-t-elle ? »

Didier hocha la tête.

« Bonsoir, Fabrizio ! Alice va mieux, Dieu merci ! Elle est restée dans notre maison de campagne de Conjux au bord du lac du Bourget. Elle n'est pas à mes côtés car elle vient d'être embauchée comme assistante à l'Office du Tourisme d'Aix-les-Bains. Ecoutez, Fabrizio, je suis un peu confus... J'aurais dû vous donner de nos nouvelles cet été ! Vous avez tant fait pour nous ! Mais je ne savais pas vraiment à quoi m'attendre de sa part, vous comprenez... Finalement, nous nous sommes réconciliés il y a quelques semaines... Elle a tellement souffert, Fabrizio, vous n'avez pas idée ! »

Fabrizio se passa la main sur le front. Bien sûr qu'il savait... C'est lui qui l'avait consolée !

« Je comprends Didier, je comprends... Je suis heureux qu'elle aille bien maintenant... Elle est passée par le feu mais je crois qu'elle va s'en tirer ! »

Fabrizio conduisit Didier jusqu'aux serres.

Le parfum sucré des fleurs blanches épanouies, pulpeuses saturait l'atmosphère.

« Voyez-vous, j'ai fait venir ici des plants du monde entier... Je voulais rendre hommage à ma grand-mère Elvira, une femme d'exception qui a exercé, sans que je l'ai connue, une influence considérable sur ma vie. Sans elle, cet endroit n'aurait jamais existé ! ».

Fabrizio et Didier regagnèrent la terrasse et prirent place à une table face au ponton. Un homme entre deux âges, les cheveux noirs courts et bouclés, se présenta quelques minutes plus tard pour les saluer. Le chef Emilio.

Ainsi, c'était cet homme qui avait eu le courage de remplacer « l'autre » au pied levé, songea Didier.

Il n'appelait plus Juan « le salaud », le « salopard », l' « imbécile » mais « l'autre », ce qui s'avérait déjà un sacré progrès !

Emilio s'inclina.

« Je suis ravi de vous accueillir à la Villa Gardénia, Monsieur Schneider. Je vous ai préparé une bouillabaisse à ma façon mais vous pouvez aussi choisir ce qui vous fait plaisir sur notre carte, naturellement. »

La voix d'Emilio était douce et enjouée. L'Argentin parlait un français appliqué avec un accent bizarre, où se mêlaient les tonalités nasillardes de l'américain aux sons rocailleux de sa langue natale. Sa cuisine était à l'image de son caractère. Généreuse, raffinée, mais d'une grande simplicité.

Les deux hommes commencèrent à savourer leur bouillabaisse en silence. Saisi d'une inspiration soudaine, Fabrizio reposa sa cuillère.

« Ecoutez, Didier, il y a quelque chose qui me tracasse. Un de mes plus vieux collaborateurs, un chef de chantier vient d'être hospitalisé. Son état est préoccupant. Il ne réagit pas bien à la chimio. J'ai signé de gros contrats en Corse et en Sicile et j'ai besoin de quelqu'un de compétent pour le remplacer. Un ingénieur en Génie civil de haut niveau, humain, parlant parfaitement l'anglais et ayant fait ses preuves à l'international... Je n'ai pas encore lancé de recrutement officiel, je veux d'abord utiliser mes réseaux. A tout hasard, vous ne connaîtriez pas quelqu'un ? »

Fabrizio se tut. C'était vraiment idiot et déplacé de sa part de poser une pareille question, se gourmanda-t-il.

Didier sourit. Il pensa à Marc et à Véra, à leur désir d'emménager sur la Côte d'Azur.

« Il se pourrait bien que j'aie votre homme ! C'est un de nos amis de longue date. Un chic type, intègre, sérieux, diplômé de l'Ecole des Mines. En trente ans de carrière, il a bourlingué partout sur la planète. Je lui en toucherai un mot et si cela l'intéresse, il vous contactera. Me permettez-vous de lui laisser votre émail ? »

Fabrizio acquiesça d'un signe de tête. Il songea qu'il avait agi de manière impulsive mais au fond de lui, ne regrettait pas d'avoir abordé le sujet.

« Allons, allons ! Profitez de votre soirée, mon cher Didier. Je ne voudrais pas que cette divine bouillabaisse refroidisse dans nos assiettes ! C'est le Chef Emilio qui serait vexé ! »

Les deux hommes éclatèrent de rire. Il se faisait tard.

Sur le ponton, ils se serrèrent la main en promettant de se rappeler.

La vedette glissait sur les eaux calmes. Au large, l'Ile rouge sombrait dans la nuit noire.

Chapitre 37 - Cadeau de Noël

Conjux, 25 décembre 2012

« Maman ! Tu veux que je t'aide à mettre la table ? »

Laura se retourne et sourit à sa mère. Elle bouquine tout en surveillant de près la cuisson du coq au vin. Dans la cuisine de Conjux, les rayons du soleil illuminent le bois blond de la vieille table familiale.

Le civet embaume.

C'est Noël. Un Noël pas comme les autres.

La veille, en début d'après-midi, Didier a reçu un appel de Sophie, coincée à l'aéroport de Francfort pour cause de vol annulé. « Elle passera la nuit dans un quatre étoiles aux frais de la princesse ! Normalement, son avion devrait atterrir à Genève vers onze heures du matin. Il ira la chercher, bien sûr ! »

Alice entend le moteur de la berline qui démarre. Au dernier moment, Geoffroy a emboîté le pas à son père, trop heureux de pouvoir passer un moment entre hommes. De rattraper le temps perdu.

Les cadeaux dorment sagement dans les armoires et sous les lits ! Tout est prêt.

Alice entre dans la véranda. Un projet remis d'années en années... Une folie !

A la mi-septembre, après que Didier lui eut annoncé qu'il prendrait ses quartiers d'hiver à Conjux, elle s'était mis en tête de donner la touche finale à la restauration de la vieille bâtisse. Et voilà ! Depuis fin novembre, une véranda Art Nouveau occupe tout le flan sud de la maison. On y accède par la cuisine. Alice a installé un coin lecture et son scriban côté lac et dédié l'espace donnant sur le verger à la salle à manger. Didier a posé son ordinateur et ses livres dans un renfoncement du salon. Ainsi, chacun jouit avec bonheur de son intimité.

Dans quelques jours, la maison sera à nouveau bien vide. Laura quittera Conjux après le Jour de l'An. Elle a trouvé du travail chez un opticien à Antibes et commence le 15 janvier.

Alice lisse les plis de la nappe écrue brodée d'un revers de main, dispose les assiettes à fleurs en porcelaine de sa grand-mère et les porte-couteaux en nacre. Hier soir, Didier a ramené des roses de Noël qui s'épanouissent dans un vase en cristal.

Dans un mois, la mission d'Alice à l'Office de Tourisme se terminera. Un bon travail qui lui a permis de reprendre pied dans le réel ! Elle ne voit pas encore de quoi demain sera fait... Elle sait seulement que Didier sera là pour elle et que Laura va affreusement lui manquer.

La sonnerie stridente du téléphone retentit. Alice pose le paquet de fourchettes sur la table et se dirige vers le salon. Son cœur bat la chamade... Et si l'avion de Sophie était encore retardé ?

« Allo, Alice ? C'est Véra ! Joyeux Noël, ma belle ! »

Alice pousse un soupir de soulagement.

« Alors ça ! Tu penses encore à tes vieux amis un matin de Noël ! Merci Véra, Joyeux Noël à vous deux ! Tout va bien à la Villa blanche?

— Écoute, oui ! Marc a pu se libérer quelques jours pour les fêtes. Il est ravi de travailler pour Fabrizio Gardelli. Je ne te remercierai jamais assez de nous prêter ta maison. Dès que Marc aura terminé sa période d'essai, nous nous mettrons à la recherche d'un appartement aux alentours de Cannes. Et toi, ton travail ? Ça marche ? Et avec ton mari ? Allez, raconte !

— Oh, ça va plutôt bien. Parfois, j'ai encore des coups de cafard mais les fantômes ne me tourmentent plus autant ! Il faut dire qu'avec mon job à plein temps, les travaux de la véranda, Laura et Didier dans mes pattes, je n'ai pas eu le temps de m'ennuyer ! Tu sais, la retraite de Hautecombe a vraiment transformé ma vision de la vie. Il m'arrive de penser encore à Juan mais je sais qu'il appartient désormais à mon passé. Avec Didier, nous allons entreprendre une thérapie conjugale. Lui a commencé à voir un psy peu après notre séparation et il a bien avancé. Bref, nous ne nous débrouillons pas si mal, pour des rescapés... »

Alice rit.

« Bon ! Et bien je suis rassurée ! Il faut dire que tu n'as pas donné beaucoup de nouvelles cet automne, vilaine fille ! Ne t'inquiète pas pour ta maison, j'en prends grand soin. Au fait, le tableau dans le salon, c'est bien ton amie Lisa qui l'a peint ? Elle a beaucoup de talent. J'aimerais beaucoup faire sa connaissance.

— Pas de problèmes, on se fera une petite bouffe... »

Rires...

« Allez Véra, profite bien du Dramont ! Mon contrat à Aix se termine dans un mois. Ensuite je ne sais pas encore ce que nous allons décider. Tu sais, depuis le grand *crash*, on vit un peu au jour le jour... Ça m'a fait plaisir d'entendre ta voix. Je t'aime Véra, prends soin de toi et bise à Marc ! »

Alice consulte sa montre. Encore une demi-heure et elle pourra serrer Sophie dans ses bras. Elle espère cet instant et le redoute. Elle a peur de décevoir sa fille. Tellement peur de son regard.

« L'amour parfait bannit la crainte ». [23]

Elle peaufine la mise en place de sa table. Après être montée dans sa chambre pour se faire belle, Alice retourne à la cuisine.

Laura a refermé son livre. Ses cheveux couleur de miel relevés en queue de cheval, comme lorsqu'elle avait dix ans, dévoilent une nuque blanche et tendre... La jeune fille lève vers sa mère un regard clair, rempli de tendresse.

« Coucou maman ! Tu vas bien ? Tu vois ton coq cuit tout doucement... »

Alice s'approche et pose un baiser sur son front.

« Merci ma chérie, c'est gentil... Je vais m'en occuper. Il est temps que tu montes te préparer pour accueillir ta grande sœur. »

Laura ramasse son livre. *« Les confessions de Saint Augustin »*. Elle sort de la cuisine et au moment de gravir quatre à quatre l'escalier en chêne, elle crie à plein poumons comme si elle lançait une prophétie aux ombres :

« Ne t'inquiète pas, ma petite maman ! Tout se passera bien ! ».

« *Hello, Mum !* ».

La porte d'entrée s'est ouverte brutalement et Sophie a fait son apparition. Pantalon de coton bleu anthracite, blouson en jean, baskets aux pieds, la jeune femme traîne un monstrueux sac à dos informe dont les coutures sont en train de rendre le dernier soupir.

Elle s'approche d'Alice et lui donne un « *hug* ».

Depuis la terminale, année où ils ont reçu Kelly, sa correspondante américaine, Sophie n'embrasse plus personne sur les deux joues. L'étreinte ne dure qu'une seconde... C'est bien trop peu pour Alice qui rêve de serrer sa fille plus longuement dans ses bras et de la câliner.

Sophie est déjà ailleurs...

« Dis-donc ! Ça a drôlement changé dans cette baraque ! »

Elle fait un tour rapide de la cuisine.

« Pas mal du tout ! Et je vois que tu as fait construire cette fameuse véranda dont tu nous rabattais les oreilles quand on était gosses... Eh beh ! À ce que je vois, on ne se refuse rien ici ! »

Première pique lancée. Alice encaisse le coup avec grâce. Après tout, c'est Noël.

Par bonheur, il neige !

Les flocons légers s'amoncellent et forment une mince pellicule étincelante sur le toit en verre de la salle à manger, où toute la famille est réunie. Alice se laisse servir. Sous la table, elle a ôté ses ballerines. Il fait bon.

Foie gras, coq au vin, un verre, deux verres de Gevrey-Chambertin... La tradition... Et pourquoi pas après tout ? Pourquoi compliquer les choses ?

Au fromage, Geoffroy a fait rire toute la tablée en mimant l'air dégoûté qu'il prenait enfant, lorsqu'il voyait le reblochon ou le munster débarquer sur la table.

Laura dépose la bûche au Grand Marnier devant elle. Comme à son habitude, elle s'apprête à découper le dessert en cinq parts égales sans préjuger de l'appétit respectif des convives... Pour Laura, l'équité c'est l'équité !

Avec sa cuillère à dessert, Sophie fait tinter sa coupe.

« Hey, guys ! Your attention, please ! Avant de porter un toast et d'ouvrir nos cadeaux, I'd like to make an announcement ! »[24]

Alice sourit. Heureusement qu'ils se débrouillent tous en anglais dans cette famille ! A chaque retour de mission, Sophie mélange joyeusement les deux langues. Mais elle ne reste jamais assez longtemps pour s'exprimer à nouveau dans un français fluide...

Le cœur d'Alice s'emballe encore. Et si Sophie s'en allait ? Et si elle avait rencontré « quelqu'un » en Inde ou en Thaïlande ? Et si elle les quittait pour toujours ?

« Voilà, je vous annonce que je vais retourner en Thaïlande après le jour de l'An pour boucler mes valises. Je quitte l'Asie et le travail de terrain pour un bon moment. Par l'intermédiaire d'une amie qui bosse pour Handicap International, je suis rentrée en contact avec une ONG de Genève qui recherche une directrice adjointe pour diriger son service logistique. Le poste se libérera dans deux ans. J'ai décroché le job mais je dois faire une spécialisation juridique. J'ai trouvé un DUH de droit international à l'Université Sophia-Antipolis. J'espère que vous êtes contents ! Vous allez m'avoir sur le dos maintenant !!! »

Didier jubile ; il est si fier de sa fille ! Laura se lève pour embrasser sa sœur. Geoffroy hoche la tête en signe d'approbation pendant qu'Alice retient ses larmes.

Alice s'est isolée un moment dans la salle de bain avec ses cadeaux. Elle s'observe dans la glace. Le collier or blanc et topaze que son mari vient de mettre à son cou ravive l'éclat de ses prunelles. Elle songe au baiser passionné dont il l'a gratifiée et qui a fait hurler les enfants. Pour rire, ils ont pris des mines scandalisées. Dans sa main moite, Alice serre une écharpe aérienne de soie rouge : le cadeau de Sophie. Elle sait que toutes les deux doivent avoir une discussion en tête à tête. Il le faut. C'est nécessaire, mais les forces et le courage lui manquent. Le repas trop riche, l'excès de vin, les vagues d'excitation et d'émotion ont sapé sa belle énergie.

Le lave-vaisselle ronronne. Laura est partie faire la sieste. Les deux hommes sont scotchés à la télévision devant « *Le Monde de Narnia* ».

Alice retourne à table et se verse une tasse de café. Face à elle, dos à la lumière, Sophie détourne le regard. Alice se demande si son attitude est en rapport avec la fatigue du décalage horaire ou bien si elle est toujours en colère. La jeune femme triture entre ses doigts une grosse boule de mie de pain qui prend peu à peu une teinte verdâtre, assez dégoûtante. Alice a envie de lui dire d'arrêter mais elle se tait et lance à la cantonade : « Eh bien, moi, je sors ! Je vais faire un tour pour me dégourdir les jambes. Qui m'aime me suive ! »

Puis elle ajoute : « Les manteaux et les bottes sont toujours dans le grand placard, tu n'as qu'à te servir si tu veux venir ! »

C'est une invite, maladroite et sincère. Sa dernière chance.

Alice s'engage à pas lents dans l'allée de la propriété. Depuis le déjeuner, les flocons tombent en continu ; ils forment à présent un manteau soyeux qui enveloppe les branches torturées des vieux pommiers.

« Eh, maman ! Attends-moi, j'arrive ! »

Équipée d'un anorak bleu canard passé de mode, d'un bonnet jaune poussin et de bottes rouge vif, Sophie ressemble à un oiseau de paradis.

Côte à côte, mère et fille marchent d'un pas soutenu. La campagne se tait. Après le port, un chemin de terre grimpe vers le petit bois. Elles l'empruntent. Le sentier monte, s'incurve et traverse les prairies où le Père Blanchard fait paître ses vaches, à la belle saison. Arrivées à la ferme des Perrin, il leur suffit de continuer tout droit pour rejoindre la Grand'route un kilomètre plus haut. L'affaire d'une heure au plus, songe Alice. Elle connaît les lieux par cœur.

Sophie, qui a pris la tête de l'expédition, accélère l'allure. De temps à autre, elle se retourne et adresse un clin d'œil moqueur à sa mère.

La bise s'est levée. Les faibles rayons du soleil hivernal ne résistent pas au brouillard qui envahit les berges sombres et inhospitalières du lac. La neige craque sous leurs pas, prend des reflets bleutés, irisés.

Maudit verglas !

Alice frissonne. Elle s'en veut ! Mais pourquoi n'a-t-elle pas osé prendre le bras de Sophie tout à l'heure avant la montée ? Pourquoi tarde-elle tant à lui ouvrir son cœur ? Qu'est-ce qui la retient de briser la glace ? Une vague de désespoir la submerge.

Sophie s'arrête. Elle se retourne une nouvelle fois et observe sa mère avec une mine renfrognée. Elle a encore creusé l'écart.

« Alors, maman ? Tu te dépêches un peu ! On va pas rester là indéfiniment ! »

Alice accélère le pas. Son âme saigne.

« Dieu... Rends-là moi, s'il te plaît... Je ne veux pas la perdre ! »

Sous un monticule de neige fraîche, une branche traîtresse barre le chemin. Alice ne l'a pas vue et vient de s'affaler de tout son long sur le sol glacé. Elle se remet debout sans se plaindre. Une décharge électrique traverse son genou droit. Le genou droit ! Celui qui a été opéré l'été de ses seize ans... A l'époque où elle fréquentait assidûment les gymnases et la patinoire. A l'époque où elle découvrait l'amour.

« Oh, non pas ça ! »

En entendant le cri de détresse, Sophie se presse de rejoindre sa mère. Sa voix tremble.

« Maman, ça va ? Tu crois que tu peux marcher ? Écoute, j'appelle Papa tout de suite pour qu'il vienne nous chercher en voiture. Allez ! Appuie-toi sur moi maman ! On va s'en sortir ! »

A la cuisine, le poêle ronronne. Luxe suprême, Didier a préparé une flambée dans la cheminée du salon. Sophie a aidé sa mère à gagner sa chambre et lui a ordonné d'enlever son pantalon. Par chance, le genou n'a pas l'air d'avoir trop souffert. Une simple élongation. « Docteur Sophie » est formelle. Elle préconise un léger massage, deux comprimés d'ibuprofène. Demain matin, on verra l'étendue des dégâts. Mais une chose est sûre, Alice doit rester allongée jusqu'à nouvel ordre !

Alice a dîné au lit d'un bol de bouillon de légumes et d'une « cervelle de canut », le nom barbare choisi par les restaurateurs lyonnais pour désigner un mélange hétéroclite de fromage blanc, d'ail, d'échalote, de vin rouge et d'huile d'olive. Ce plat revigorant était le préféré de son grand-père maternel.

« Maman, tu as terminé ? Je peux reprendre le plateau ? ».

Sophie s'avance vers le lit mais au lieu de s'acquitter de sa tâche, elle se penche vers sa mère et l'embrasse sur le front.

« Ma chérie ! Je t'aime tant ! »

La voix d'Alice est très douce.

Sophie s'étend près de sa mère et se presse contre elle. Elle sent sa chaleur. Cela lui rappelle les nuits d'orage, où enfant, elle avait peur et courait se réfugier près d'elle.

« Maman ! »

L'obscurité bienfaisante les enveloppe et les ceint d'une paix profonde. Pouvoir de l'amour et du pardon.

Après avoir pleuré toutes les larmes de son corps, Sophie s'est endormie paisiblement. Alice perçoit sa respiration régulière et légère. La porte de la chambre s'entrouvre en grinçant sur ses gonds. Un rai de lumière balaie le lit.

« Ça va ma chérie ? Tu as encore mal ?

— Non, Didier. Ne t'inquiète pas. Tout va bien maintenant, je n'ai plus mal. »

Didier referme doucement la porte qui couine encore. Ah, ces vieilles bâtisses !

« Ils n'auront pas faim et ils n'auront pas soif ; le mirage et le soleil ne les feront point souffrir car celui qui a pitié d'eux sera leur guide et il les conduira vers des sources d'eaux. »[25]

La promesse qu'elle a lue ce matin dans le livre du prophète Esaie emporte le voile de tristesse qui couvrait son cœur depuis son réveil.

C'est Noël. Sophie dort près d'elle.

Elle n'a plus mal.

Chapitre 38 - Les mésanges bleues

Conjux, le 1er janvier 2013
Cher Fabrizio,

Je ne voulais pas laisser filer le jour de l'An sans vous envoyer un petit signe d'amitié. Je vous souhaite une année pleine. Vous méritez de voir vos efforts récompensés et de faire de belles rencontres. Je voudrais vous redire ma reconnaissance pour le soutien que vous m'avez apporté. Vous enlever aussi des inquiétudes. Je vais bien. La vie a repris son cours en mieux. Je suis sereine et guérie de mes blessures... Enfin presque...

Vous avez su par Didier que j'avais décroché un CDD. J'avoue que renouer avec le milieu professionnel m'a fait le plus grand bien. Avec mon mari, nous rebâtissons ce qui avait été si sauvagement détruit. J'ignore encore ce qui va se passer au printemps. Notre fille Laura descend à Antibes dans quelques jours car elle a trouvé du travail là-bas. Sophie, ma cadette, est à la recherche d'un studio sur Nice : elle va suivre une formation diplômante de deux ans en droit international spécialité humanitaire à l'Université. Reste notre fils qui vit sa vie à Lyon.

Il est probable que nous retournerons au Dramont aussitôt que nos amis Véra et Marc auront trouvé le logement qui leur convient. Nous ne manquerons pas de vous joindre dès que nous aurons regagné la Villa blanche. Rien ne me ferait plus plaisir que de vous inviter à partager un repas. Vous pourrez admirer la face sombre de l'Ile rouge depuis notre terrasse...

Puisque nous parlons de cet îlot dont l'histoire a bouleversé nos vies à tous, c'est avec plaisir que je vous adresse, accompagnant cette longue lettre, un modeste cadeau. Peut-être en possédez-vous déjà un exemplaire ? Si c'est le cas, vous pouvez le donner à votre sœur. Transmettez-lui en tout cas mes bons vœux.

Voilà ! Prenez soin de vous !

Votre amie Alice qui vous embrasse affectueusement. »

Alice repose son stylo. Elle effleure du doigt la brochure « l'Ile rouge ».

La maison est calme. Sophie et Geoffroy sont partis à Paris pour fêter la nouvelle année avec des amis. La neige s'accroche. Un redoux est annoncé pour les prochains jours. Alice est soulagée de savoir que Laura pourra prendre la route en toute sécurité.

Une mésange bleue a délaissé son abri sous les pommiers et s'est posée sur le muret de pierre de la véranda. Alice se souvient des étés où elle passait, en compagnie de Marie, des heures sous le grand parasol de toile blanche à dessiner des petits oiseaux. Sa grand-mère bien-aimée avait une passion pour les mésanges et les croquait sous tous les angles. Alice a gardé un dessin de sa mamie qu'elle a fait encadrer et accroché dans la nouvelle salle à manger. Le pastel se nomme « les mésanges bleues ».

« C'est pourquoi je vous dis: Ne vous inquiétez pas pour votre vie de ce que vous mangerez, ni pour votre corps, de quoi vous serez vêtus. La vie n'est-elle pas plus que la nourriture, et le corps plus que le vêtement ? Regardez les oiseaux du ciel: Ils ne sèment ni ne moissonnent, et ils n'amassent rien dans des greniers; et votre Père céleste les nourrit. Ne valez-vous pas beaucoup plus qu'eux? Qui de vous, par ses inquiétudes, peut ajouter une coudée à la durée de sa vie ?... »[26]

La mésange, d'un coup d'aile vigoureux, s'en est allée.

Alice se lève et rejoint Didier au salon.

« C'est décidé, mon chéri ! La Villa des Acacias s'appellera désormais « Les Mésanges Bleues ».

Chapitre 39 - Didier

Bargemon, La Bastide des Oliviers, 23 octobre 2013

Perdu dans ses pensées, Didier passa près du mazet sans y jeter un seul regard. Il s'engagea dans la sente qui menait à la bergerie. Une bise aigre et mouillée dévalait de la montagne. Il releva le col de son manteau, enfonça ses mains dans ses poches. Les olives avaient été ramassées quelques semaines plus tôt et les filets, redisposés avec soin, attendaient sagement que l'homme recueille à nouveau les précieux fruits. Il traversa l'oliveraie et déboucha dans le pré carré. Interpellé par la transformation du paysage, il s'immobilisa. Les pluies torrentielles qui s'étaient abattues sur la région au début du mois avaient creusé de profonds sillons dans le sol et dans leur violence avaient couché les ficelles d'herbes blondes. Heureusement, les antiques murets avaient résisté aux inondations.

Tout comme son âme !

Il se dirigea vers la bergerie et se mit à l'abri du vent pour réfléchir et s'imprégner de la simplicité des lieux, se gorger de leur force séculaire.

Il n'avait pas parlé de son projet à Alice.

L'idée de restaurer le bâtiment s'était imposée comme une évidence. C'est dans cet endroit préservé qu'il avait compris le sens de sa propre existence. C'est ici, dos au mur, qu'il avait livré la bataille la plus dure de sa vie : pardonner à son ennemi tandis que la colère le faisait trembler. Portée par un doux murmure, son intuition lui disait que ce lieu deviendrait, avec l'aide de Dieu, avec le soutien et l'ingénuité des hommes, un foyer pour les cœurs blessés, un point de chute pour les paumés de la vie, un lieu de ressourcement pour tous les assoiffés d'amour.

Le labyrinthe de ses pensées faussées et le cumul de ses imaginations frustrées avaient longtemps fait de lui un homme errant sans vision et sans but... Mais maintenant, tout était clair. Limpide.

Cette humble bergerie représentait le cœur du projet. Un commencement. Mais ensuite ?

Ensuite, il faudrait se battre pour obtenir des permis de construire permettant d'implanter les extensions. Ensuite, il lui faudrait rassembler une équipe et convaincre les autorités locales. Il pensa qu'il en toucherait un mot à Fabrizio. Daniel n'avait pas caché son enthousiasme et acceptait d'accorder un droit de passage à la lisière de l'oliveraie. Son ami était convaincu que René Michalet, un copain d'enfance, le fils unique de la vieille Philomène morte l'été dernier, serait enchanté de se débarrasser de cette parcelle qu'il négligeait étant donné qu'il avait élu domicile depuis dix ans en Nouvelle-Calédonie !

Didier devait s'armer de patience. Une vertu qui l'avait préservé du pire. Une arme qui lui avait permis de ne jamais baisser les bras et de bâtir son bonheur tout neuf.

Il se dit qu'il n'était pas pressé. Il reviendrait ici au printemps et entraînerait Alice dans les restanques. Si elle ne voulait pas, eh bien, il patienterait encore... Mieux, il la convaincrait à force de tendresse et d'arguments imparables. Didier sentait monter dans ses veines un appétit de conquête. Il en avait fini avec les doutes. Il se sourit à lui-même.

Il rebroussa chemin. Une fine pluie, glacée, lui fouettait le visage. Il pressa le pas pour regagner la salle à manger de la Bastide où un bon feu crépitait dans la cheminée. Il se félicitait d'avoir poursuivi ses séances de thérapie. Il se sentait tout neuf, lavé de ses souillures et ancré dans son identité. Il était Didier, le fils d'un éleveur franc-comtois et d'une ouvrière en confection, le père de trois enfants, le mari d'une femme intelligente, insaisissable certes, mais fascinante qu'il chérissait de toutes les fibres de son être.

Il mesurait le privilège de manger à sa faim, d'avoir un toit sur la tête. Il remerciait Dieu pour le spectacle que lui offraient, matin après matin, les rochers rouges à l'instant précis où ils s'enflammaient, lorsque le soleil, dans toute sa gloire, passait la barrière de l'Estérel. Pour la force opaque qui se dégageait de l'Ile rouge au bord de la nuit.

Tous les êtres qu'il aimait, tout ce qu'il possédait, son avenir et sa foi. Tout ! Il avait tout remis avec confiance dans les mains de son Créateur. Désormais, il n'avait plus peur.

Chapitre 40 - Alice

Saint-Raphaël, 23 octobre 2013

C'est mercredi, jour de marché.

Alice commence à s'impatienter. Vivement qu'elle atteigne le parking de la gare ! Elle soupire. A quoi cela rime-t-il de s'énerver pour des peccadilles ? Viendra-elle, un jour béni, à bout de cette impatience qui la maltraite depuis sa tendre enfance et fut cause de moult déboires ? N'a-t-elle pas retenu les leçons du passé ?

« Ne vous inquiétez de rien, mais en toute chose, faites connaître à Dieu... »[27]

L'horloge de la Giulietta marque dix heures. Une journée d'automne pluvieuse. Didier est parti tôt ce matin à Bargemon pour voir Daniel et s'approvisionner en huile.

C'est étrange... Elle constate qu'elle ne ressent plus ce vide et cette irritation qui la tenaillait dès qu'elle se retrouvait seule. Ce mal mystérieux et lancinant qui lui broyait lentement le cœur. Il y a deux ans. Il y a un siècle.

En juin dernier, un mois après leur retour à la Villa blanche, Alice et Didier ont commencé leur thérapie conjugale chez un praticien de Saint-Raphaël. Alice est soulagée. Leur couple émerge progressivement de ce fonctionnement ambigu et stérile, drainant avec lui fusion et évitement, scénario de mensonge qui a bien failli détruire leur mariage, leur famille, leur avenir. Progressivement, ils apprennent à confronter leurs opinions, à exprimer leurs désaccords, à dire leurs émotions sans être tourmentés par la crainte de se sentir moins aimables, moins aimés. Sans se sentir coupables... Parfois, il lui arrive de quitter le cabinet de Jean Lamotte contrariée ou au bord des larmes, mais elle constate que dans les heures qui suivent, elle en retire un bénéfice et se sent apaisée.

Un dimanche soir, au moment de s'endormir, alors qu'ils étaient allongés dans le silence l'un près de l'autre, elle avait posé sa main sur celle de son mari et lui avait avoué qu'il lui arrivait encore de céder à la tentation, d'aller consulter la page publique de Juan pour savoir ce qu'il devenait. D'une voix grave et tranquille, Didier lui avait répondu qu'il la comprenait. Il s'était abstenu de toute critique. Peut-être se sentait-il mal placé pour lui faire la morale ? Il l'avait serrée contre lui et avait ajouté qu'il n'était pas facile de sortir d'une dépendance quelle qu'elle soit. Il l'avait même félicitée pour cet aveu et rassurée : elle finirait par triompher de ses obsessions, ce n'était qu'une question de jours, voire de semaines.

Alice éprouvait un soulagement indicible. Cette confession, c'était sa manière à elle d'exprimer ce désir naissant de vivre en pleine lumière. En dévoilant ses faiblesses, elle avait fait à son mari l'aveu détourné de son besoin, si longtemps nié, de protection et de sécurité.

La file de voiture s'ébranle. Alice pénètre dans le parking. Les lumières crues font scintiller le bracelet d'argent que sa maman lui a donné la veille de son mariage. Sa mère. Depuis leur retour au Dramont, elle s'est forcée à lui téléphoner une fois par mois, en écourtant la conversation et en éludant les questions... Par chance, Jeanne Morizet n'a pas encore eu l'idée de débarquer au Dramont !

« Et puis zut ! J'y penserai plus tard ! »

Scarlett et ses vieux réflexes sont de retour ! Alice a conscience qu'il lui faudra du temps, beaucoup de temps avant de pardonner à sa maman. Pourront-elles jamais se réconcilier ? Le contentieux est énorme ! Malgré tout, la certitude qu'elle ne sera pas seule dans cette épreuve la rassure.

Le spectacle des passants qui hâtent le pas sur les trottoirs luisants et luttent, bien à l'abri derrière leurs parapluies multicolores contre le vent salé, lui rend son sourire.

Alice a poussé la porte de la librairie. Tiens ! La vieille sonnette a rendu l'âme !

C'est comme un pèlerinage.

Monsieur Courbet s'est avancé à pas lents pour la saluer. Un pli soucieux creuse un sillon sur son front ridé.

« Ça alors ! C'est la petite dame à la brochure qui était tombée dans les pommes ! Comment allez-vous Madame Schneider ? Que puis-je pour vous ? »

Alice garde la main du vieil homme dans la sienne et lui sourit.

« Bonjour Monsieur, comment allez-vous ? Je voudrais un ouvrage sur le thème des artistes-peintres de la Côte d'Azur. C'est un cadeau pour une amie très chère dont nous allons fêter l'anniversaire bientôt...»

Le commerçant hoche la tête.

« Bien ! Allons-voir ensemble dans le rayon « Livres d'art »... Je vous laisserai grimper sur l'échelle pour explorer tout là-haut. Ma petite employée s'est absentée cet après-midi. D'habitude, c'est elle qui fait l'acrobate ! Moi, avec cette maudite prothèse, je dois me contenter du plancher des vaches ! »

Un grand rire secoue ses frêles épaules.

« Je me demande d'ailleurs comment je vais me débrouiller lorsqu'elle m'aura quitté après les fêtes. Elle va se marier avec son gendarme...Voyez-vous, moi, ça ne m'arrange pas du tout ! J'ai vraiment besoin d'une personne pour me seconder de temps à autre, mais je ne peux pas mettre mes trésors dans les mains de n'importe qui ! Vous me comprenez, n'est-ce pas ?

— Oui, bien sûr, je vous comprends. »

Alice feuillette sans conviction un livre broché intitulé « *Les peintres en Provence et sur la Côte d'Azur pendant la Seconde Guerre mondiale* ». Le vieil homme, qui semble tout excité, la rejoint. Il serre deux ouvrages entre ses mains tremblantes.

« Ce dictionnaire des peintres et sculpteurs de Provence est une référence. Et l'autre ouvrage est très bien lui aussi. Leur auteur s'appelle André Alauzen de Genova. C'est un spécialiste ! »

Alice se décide pour « *Les Maîtres provençaux de 1859 à nos jours* ».

Une idée vient de germer dans sa tête. Elle la repousse. Ce n'est pas le moment d'aborder le sujet avec le commerçant...

Alice consulte sa montre. Elle est un peu en retard sur son planning. Elle doit encore se rendre à la « *Malle de Sandra* », le dépôt-vente de la rue de Garonne pour leur confier ses escarpins Louboutin. Les rouge-sang, les bleu-marine avec le nœud blanc et les rose-poudré. Une petite fortune ! Elle se demande encore comment elle a pu claquer autant d'argent en futilités. Elle ne garde que les vernis noirs, sobres et pratiques et les gris argenté d'une élégance raffinée qui plaisent tant à Didier ...

Alice n'éprouve aucun regret. Elle compte retirer un bon prix de ses anciens trésors. Certes, elle apprécie toujours d'aller faire un brin de shopping en compagnie de Lisa ou de Véra ; en revanche, sa frénésie d'achats compulsifs l'a quittée.

L'argent doit servir à autre chose qu'à empiler des bêtises dans les placards a-t-elle lancé, d'un ton sans réplique, lorsqu'elle a informé Didier de sa décision.

Non, elle ne regrette rien.

Hier, elle a bavardé un long moment avec Sophie sur Skype. Sa fille, toujours bénévole dans l'humanitaire, cherche des parrains pour « *l'Association Aïna* » un orphelinat de Madagascar. Un versement de trente euros par mois suffit pour contribuer à changer la destinée d'un enfant, pour lui inventer l'espoir. Seulement trente euros ! C'est si peu... Cela lui donne le vertige !

Le libraire termine le paquet cadeau. De ses doigts secs et ankylosés, il s'applique pour faire un joli nœud avec une mince ficelle dorée.

« Avant que le cordon d'argent se détache, que le vase d'or se brise, que le seau se rompe sur la source, et que la roue se casse sur la citerne; avant que la poussière retourne à la terre, comme elle y était, et que l'esprit retourne à Dieu qui l'a donné. »[28]

Alice a envie de pleurer quand elle pense à ce passage des Écritures. Elle voudrait prendre le vieux monsieur dans ses bras, le rassurer, adoucir sa peine. Elle n'ose pas.

Le libraire encaisse le chèque.

« A bientôt, Monsieur Courbet ! Merci beaucoup pour votre aide ! »

Avant de passer la porte, elle se retourne.

« Au fait, Monsieur Courbet, pour votre problème d'employée... J'ai peut-être une solution. Je vous téléphonerai mardi matin pour vous en dire plus. Allez, bon courage et prenez soin de vous !

— Merci ma petite dame... A bientôt ! Bonne fin de semaine ! »

Perplexe, le commerçant retourne à son inventaire dans l'arrière-boutique.

« Décidément, marmonne-t-il entre ses dents tout en branlant la tête, quand on a affaire à des femmes comme Alice Schneider, intelligentes et un tantinet mystérieuses, on ne sait jamais à quoi s'attendre ! »

Chapitre 41 - Un amour extravagant !

La Villa blanche, vendredi 25 octobre 2013

« Coucou ! On peut entrer ? »

Un panier d'osier rempli de tapenade et de gourmandises salées le tout fait maison pendu à son bras, sa femme sur les talons, Daniel a pénétré dans la cuisine. Ravie, Lisa bat des mains comme une petite fille !

« Hum, ça sent bon ici ! Chic alors ! De la daube provençale comme je l'aime ! ».

Alice serre son amie contre son cœur. Depuis l'« épisode de la cafétéria », une complicité affectueuse s'est installée entre les deux femmes. Alice n'a plus peur d'aimer, d'éteindre, de montrer ses larmes, de rire aux éclats. D'être elle-même.

« Tu vois, ma Lisa, pour tes cinquante-sept ans, je te gâte... Tu repartiras d'ici avec un bon kilo supplémentaire sur tes jolies hanches... Comme cela, tu seras obligée de penser à moi quand tu décideras de t'en débarrasser !!!

— Qu'est-ce qui vous fait autant rire, vilains petits gourmands ? »

Didier vient de débarquer. Il donne une franche accolade à Daniel. Les deux hommes s'éclipsent au salon pendant qu'Alice et Lisa échangent les dernières nouvelles.

Alice soulève le couvercle de la cocotte pour remuer la daube odorante. Elle parle vite, les joues en feu.

« Marc et Véra vont arriver d'un moment à l'autre... Marc a pris son vendredi mais ils ne dormiront pas à la maison ce soir. Il part dimanche après-midi en Corse pour superviser des aménagements portuaires à Porto-Vecchio. Véra est aux anges ! Fini les déplacements aux quatre coins du monde !

— Et tes enfants ? Dis-moi ! Où en sont-ils ?

— Ça va ! Laura habite chez Véra à Juan-les-Pins, le temps de dénicher une location abordable et Sophie replonge dans les études à la Fac de droit de Nice. Courageuse, ma fille ! Quand à Geoffroy, il ne touche plus terre ! En juillet, au mariage de son meilleur ami dans le Massachusetts, il a fait la connaissance d'Abigaël. La demoiselle travaille comme acheteuse chez Bloomingdale's à Boston. Ah ça ! Elle n'a pas froid aux yeux, la gamine ! Elle a fait des études de stylisme et vient de postuler au département confection-enfants du magasin de la 3ème avenue à New-York. Mon fils finira par nous quitter, je le sens bien... Mais bon ! Ce sont ses affaires, pas les miennes, n'est-pas ? »

Lisa approuve d'un signe de tête.

« Lisa, tu n'imagines pas à quel point je suis soulagée ! Les enfants ne s'en sortent pas si mal, après ce qu'ils ont enduré l'an passé. Ils ont fini par digérer l'épreuve à leur façon... J'ai conscience que sans votre soutien et l'amour du Seigneur Jésus, notre famille se serait désintégrée... »

Alice repose sa cuillère en bois ; elle essuie une larme d'un revers de main.

Elle plante un baiser sur la joue de son amie et l'entraîne en la prenant par la taille.

« Allez, zou, ma belle ! Viens donc m'aider à mettre la table ! Je me demande ce que fabriquent nos maris ? Ils ont l'air de comploter, tous les deux, tu ne trouves pas ? »

Dans les verres délicatement ciselés, le muscat de Venise prend une teinte ronde et ambrée. Véra et Marc se sont jetés sur les olives noires à l'ail. Lisa et Daniel succombent à la purée de poivrons... Didier est satisfait. Daniel est toujours partant pour le projet de la Bergerie. Il se dit qu'il doit mettre Marc dans la confidence.

Il se lève et fait tinter son verre.

« Eh bien, je crois qu'avant d'attaquer la daube d'Alice, nous pourrions nous recueillir un moment pour remercier Dieu qui a accompli l'impossible. C'est grâce à lui si nous sommes tous rassemblés dans cette maison et unis pour célébrer l'anniversaire de Lisa... »

Les six amis se prennent la main et inclinent légèrement la tête.

Didier se tourne lentement vers Alice :

« Ma chérie, tu veux bien rendre grâce, s'il te plait ? ».

Rendre grâce !

Un mot usé jusqu'à la corde. Une expression d'une autre époque, aux relents de sacristie et dont personne ne comprend plus la signification.

Mais pour Alice, pour Didier, pour Lisa et Daniel, pour Véra et Marc, la Grâce est « La Puissance » qui les a tous sauvés, d'une manière ou d'autre, de l'enfermement, de la colère, du jugement, du désespoir et de la mort.

Mue par la passion de sa foi toute neuve, Alice ferme les yeux si vigoureusement que des feux-follets jaillissent sous ses paupières.

« Seigneur, nous sommes confondus par Ta Bonté. A chaque instant, nous mesurons la puissance de ton Amour dans nos vies. Un Amour si extravagant ! Merci pour ton pardon, merci pour la vie nouvelle que tu nous as donnée. Merci pour la réconciliation, pour la confiance retrouvée. Merci d'avoir permis que nous soyons tous réunis autour de cette table pour l'anniversaire de notre Lisa. Bénis-là Seigneur. Abondamment. Bénis aussi chacun de nous. Nous te remercions pour tes bienfaits, pour nos familles et pour ce repas. Aide-nous à aimer comme nous avons été aimés. Amen ».

Le soleil d'octobre se fait plus timide. Il décline si vite à l'horizon... Alice entraîne ses amies sur sa plage. Elles marchent en silence jusqu'à la barrière qui leur interdit l'accès au port de l'Ile rouge. Face au vent piquant qui se lève, Alice, d'un geste ample leur désigne « son île », rubis brut, enchâssé dans la masse mouvante bleu de cobalt. Grelottantes, les trois femmes, serrées les unes contre les autres, se hâtent de regagner la Villa blanche.

Véra et Marc ont pris congé après une légère collation. Le carillon de Marie sonne onze heures.

Sur le seuil de la chambre d'amis, Lisa adresse un signe à Alice en agitant ses doigts fuselés.

« Bonne nuit, Alice !

— Bonne nuit, Lisa... N'oublie pas demain, nous partons au marché vers neuf heures et demie.

— Non, Alice, je n'oublierai pas ! »

Rien n'est oublié, tout est transcendé, songe Lisa en refermant doucement la porte.

Dans la chambre conjugale, un frisson de lumière se joue de l'obscurité. Alice embrasse Didier sur la joue, se glisse avec délice sous la couette tiède et allume sa liseuse. Le texte de Job la prend par surprise. On dirait qu'il a été écrit pour elle !

« Tu oublieras tes souffrances, tu ne t'en souviendras pas plus que de l'eau qui s'est écoulée. Ton existence aura plus d'éclat que le soleil en plein midi,
Tes ténèbres seront pareilles à la lumière du matin, Tu reprendras confiance, parce qu'il y aura de l'espoir.
Tu t'allongeras sans personne pour t'inquiéter et plusieurs caresseront ton visage.»[29]

En guise d'épilogue...

Le Dramont, samedi 26 octobre 2013

Vers dix heures, Alice et Lisa ont quitté la maison, laissant leurs maris attablés devant les reliefs du petit déjeuner, en pleine discussion sur les mérites de leur machine à café respective. Senseo contre Nespresso. En s'installant dans la Giulietta, les deux femmes ne peuvent résister à l'envie de se moquer de cette conversation d'hommes modernes ! S'ils commencent à parler percolateurs maintenant, quel pouvoir va-t-il rester aux pauvres femmes dans leur propre maison ?

Didier et Daniel ont lavé leurs tasses, rangé la cuisine, pelé les pommes de terre et programmé le poulet mis au four. Puis ils sont sortis prendre l'air. Sur la terrasse, il fait frisquet. Didier enfile son pull beige, celui qu'Alice lui avait offert avec un sourire timide à Noël 2011. Un pull tout doux, tout chaud qu'il adore ! Un présent qu'il avait méprisé, un geste qu'il avait à peine considéré. Stupide qu'il avait été ! Presque deux ans déjà !

Il arrache la bande protectrice du Var-matin de la veille et étale le journal sur la table en teck.

« Ile rouge : le chef Emilio victime d'un grave accident. »

Médusé, Didier entame à haute voix la lecture de l'interview accordé par Fabrizio di Gardelli à Jean Rivière, le correspondant local. En face de lui, Daniel ponctue chaque paragraphe par des petits sifflements de surprise.

« Oui, le chef Emilio a bien été victime d'un accident. Christian Gravel, le responsable-logistique du restaurant l'a trouvé inanimé sur le sentier qui mène aux serres à l'heure où il prenait son service aux alentours de 7 h 30 jeudi matin. Emilio Ramirez saignait abondamment de la tête et était inconscient quand les secours l'ont transporté au CHU de Nice. Personne ne connaît les causes directes de l'accident. Le professeur Zarbi, chef du service de traumatologie a annoncé que Monsieur Ramirez est plongé dans un coma de stade II mais que ses jours ne sont pas en danger.

La Villa Gardénia restera ouverte jusqu' à mi-novembre comme prévu. La direction a pris le parti d'alléger la carte du restaurant pour aider la brigade à faire face pendant cette courte période. Quant à la réouverture au printemps prochain, il est encore trop tôt pour en parler. »

Fabrizio a conclu par un vibrant hommage à Emilio, « un homme humble et talentueux qui offre une cuisine généreuse, un fidèle collaborateur. »

Didier est atterré. Décidément, L'Ile rouge n'apporte que des ennuis à ceux qui veulent la faire revivre !

Il relève la tête.

La femme de sa vie vient de passer le seuil de la porte fenêtre. Elle porte avec précaution, à bout de bras, un vase en porcelaine rempli de tournesols. Fleur parmi les fleurs, toute tendue vers la lumière, elle rayonne d'une liberté intérieure qui l'intrigue et le remplit de bonheur.

Alice pose le bouquet en bout de table. Elle se redresse et contemple l'horizon, toute à sa joie de goûter l'instant présent. L'Ile rouge s'est dépouillée de sa parure de brume. Ce n'est qu'une illusion, peut-être, mais aujourd'hui, les roches écarlates semblent plus proches, comme si elles avaient perdu leur part de mystère...

« Coucou, c'est moi ! Mais vous en faites une tête, tous les deux ! »

Un coup de vent sec fait frissonner les pages du journal.

Domessin, mai 2014, Saint-Maximin, juin 2016.

Un bouquet de "merci".

Les mots sont trop faibles pour exprimer ma gratitude aux personnes qui m'ont accompagnée et aidée pendant l'écriture de mon premier roman.
Sans leur soutien, leur encouragement, leur travail et leur générosité, ce livre n'aurait pas pu voir le jour.

Merci à **Denis**, mon homme de coeur : à chaque étape, ta patience et ta compétence m'ont permis de tenir le cap. Je t'aime.
Merci à mes amies :
Christine Hammann, pour la relecture du manuscrit et ses remarques constructives.
Christine R. pour ses suggestions et corrections avisées.
Merci à mon amie, **Cathy** Gotte-Avdjian, pasteure et auteur, pour ses encouragements.
Merci à **Viviane**, ma précieuse amie, ma soeur : tes prières ont fait toute la différence.

Des, talentueux designer australien ! Malgré la distance qui nous séparait, tu as totalement adhéré à l'esprit qui animait "Un amour extravagant" et tu as créé une couverture splendide. Good job, my friend !

Je voudrais également remercier toutes les personnes que j'ai contactées lors de mes enquêtes pour leur accueil bienveillant.
Monsieur Pierre Gautier, rédacteur du site http://www.ilerouge.fr
Les propriétaires de la modeste et très sympathique "Auberge provençale", au Dramont.
Les pâtisseries Calderon (Saint-Raphael)
http://www.calderon-chocolatier.com

Sabrina et Christophe, les propriétaires des chambres d'hôtes "Le Doux Nid" à Chanaz. https://www.le-doux-nid.com

Merci au dépôt-vente "la malle de Sandra" à Saint-Raphaël. https://www.facebook.com/La-Malle-de-Sandra

Merci aux restaurants : "l'Ensouleia" de Port-Fréjus, la Brasserie "l'Excelsior" de Saint-Raphaël, "El Gaucho argentino" (Nice), aux restaurants la "Gaudinade" (Mougins) et la "Villa Archange" (Le Cannet)

Merci aux Hôtels Mercure de Valescure, Westminster et au mythique Hôtel Negresco,

de m'avoir inspirée tous à leur manière.

Merci au CAVEM (Communauté d'agglomération Var-Estérel-Méditerranée) et à la Municipalité de Conjux qui ont la lourde responsabilité de veiller sur la préservation et la mise en valeur d'un environnement exceptionnel.

Merci à la Méditerranée, aux rochers écarlates du Massif de l'Estérel et à l'Ile d'or, pour la joie que j'ai ressentie en les faisant vivre sous ma plume et pour le bonheur éphémère de les contempler depuis le port du Poussai.

[1] "Je ne peux pas penser à cela maintenant. Si j'y pense, je vais devenir folle. J'y réfléchirai demain..."

[2] "Ta douce petite française"

[3] "Ma chérie".

[4] Au revoir

[5] Parques : divinités grecques qui avaient le pouvoir de décider de la mort des hommes.

[6] "L'aube"

[7] Besos : baisers

[8] "Moi qui n'était rien, et voici qu'aujourd'hui, je suis le gardien du sommeil de ses nuits, je l'aime à mourir" - Chanson de Félix Cabrel

[9] Vente à domicile privée, type de vide grenier organisé en général dans les garages. Coutume américaine.

[10] "Ma chère Alice, si tu veux m'appeler, tu peux. Sens-toi libre. Mais, je t'avertis que je n'aime pas utiliser le téléphone."

[11] "Je te désire"

[12] 2 Corinthiens 5, verset 17

[13] Passage très connu de l'opéra "Carmen" de Georges Bizet

[14] Opéra en trois actes du compositeur italien Puccini (1904)

[15] Ja, ja, ja ! : ah,ah,ah ! (rires)

[16] Ton chevalier

[17] "Mon amie"

[18] "Ma douce petite Française, ma Princesse, mon âme, ma très belle, je te désire, tu me manques, je t'aime, ma toute belle..."

[19] "Ne pleure pas sur moi, Argentine.

La vérité, c'est que tu ne m'as jamais quittée.

A travers mes jours de follie,

au cours de ma folle existence,

j'ai tenu ma promesse.

Ne garde pas tes distrances..."

[20] Jérémie 23, versets 4 à 6

[21] Lettre de Saint Paul aux Ephésiens : chapitre 2, versets 1 à 5

[22] "De même, si deux personnes couchent dans le même lit, ils auront chaud, mais celui qui est seul, comment aura-t-il chaud ? Et si quelqu'un est plus fort qu'un seul, les deux peuvent lui résister, et la corde à trois fils ne se rompt pas facilement." Ecclésiaste, chapitre 4,

versets 11 et 12.

[23] 1ère lettre de Saint Jean, chapitre 4, verset 18

[24] « Et les amis, votre attention s'il vous plait ! ... Je voudrais faire une annonce ! »

[25] Esaie, chapitre 49, verset 10

[26] Evangile de Saint Matthieu, chapitre 6, verset 25 à 27

[27] Lettre de Saint Paul aux Ephésiens, chapitre 4, versets 6

[28] Ecclésiaste 12, versets 5 à 7

[29] Job, chapitre 11, versets 16 à 18